今日有点沉思

どこからか言葉が

[日] 谷川俊太郎 著
田原 译

北京联合出版公司

目录

1	私事	30	六月
3	天使考之1	34	仿《鲁拜集》
6	小花	36	海滩
10	天使考之2	40	我又对诗歌感兴趣了
15	未出生的孩子	42	拐角
17	物品们	44	下期待续
20	天使考之3	47	再仿《鲁拜集》
24	空地	49	藏好了吗？
28	现在是树桩	52	无名老百姓

56	下雪的早晨	84	诗人
60	无知	86	反复
62	无标题	90	幻村
64	日常	92	就这样
68	刺	96	天与我
72	创世记	98	夜晚的静物画
75	看透	103	音乐的边角料
77	词语先生	105	锁链
80	看着云	108	一行字

110	片刻	133	怀疑的人
112	永达维纳	135	拒绝的人
114	有和没	139	说话的人
116	朝向夜晚	141	没完没了的人
120	长生不老	144	我还
123	安静的狗	147	有生命的银
125	暮色	149	归根结底是
127	空		
130	致过去		

私事

听完巴赫后我摘下耳机

只剩下风吹过树木的声音

大键琴和风之间无比融洽

语言不知从哪里浮现在眼前

所以我关上网页,打开 Word

诗歌,这样开头好吗

今后一段时间,我有机会每月

在这个版面[1] 写点什么

---

[1] 这本诗集是谷川俊太郎在 2016 年 9 月 28 日至 2020 年 12 月 2 日,在《朝日新闻》副刊每月一首连载的作品合集。

我想写些能称作诗的不丢人的东西
但与音乐不同,语言有公私之分
虽然不至于胆怯到惧怕句不成诗
但也要避免自以为是的丢人现眼

现在用以写作的小屋比我年长
从婴儿时起每年夏天都会造访
六十年前我在这里写过这样的诗句
"太阳奢侈地不断扔着
到了晚上我们还忙着捡
人的诞生都一样卑微
绝没有树那样富饶的休息"

天使考之1

谁都想看看天使,哪怕只是一次

因为大家只在画里看到过

不过天使就算站在公交车站

肯定也没人注意

因为谁也没告诉过天使

"你就是天使"

天使张开蚯蚓的翅膀

从土洞轻轻飘浮到大气层中

不会说汉语也不会说拉丁语的没文化的天使

规规矩矩地俯瞰着连唱歌的迹象都没有的放射性废弃物

和早就废话连篇的议会

在天空滑翔

天使想，如果有尾巴就好了

当然喜欢翅膀

但有时会觉得天空很闷

飞到哪儿都看不到边界

就想在森林里走不通的小道上

像狗一样喘着粗气走路

雨悄悄打湿树林

天使的翅膀也被淋湿了

天使和喷泉很相配，但和雨一点都不搭

不这么觉得吗？

小花

你在路边的草丛里

孤零零绽放的小花啊

用我们人类的语言写的诗

你不关心吧

我就是我,虽不知道你的出身和名字

但我想给你写一首诗

可是,我不想用人类过多的词汇

装点你

用美丽一个词形容你就够了

不,其实根本不够
默默盯着你看是最好的
这关系到我作为诗人的品味

我和你分享地球
你我生命的源泉只有一个
但是我们的形状和颜色却截然不同

用手指轻轻触摸你的花瓣
我与绽放的你分别,离去
蓝天上生出一片云

天使考之 2

在假面舞会上,天使变成了蝴蝶

不让任何人觉察,天使飞往夜晚的街道

跟男人们一起痛饮莱茵白葡萄酒

被醉汉纠缠时也能轻松摆脱

前世的自己不会是人类吧?

天使开始思考一些不需要思考的事情

无力是天使的终极武器

过去是用弩瞄准,现在是用气枪

但是无论是被箭还是被子弹命中,瞬间

就会被同化成天使

暴力对消灭天使没有帮助

恐怖分子们也知道

"音乐结束后的沉默"

这种表达是错误的

天使如是说(通过心灵感应)

原来如此,也许"音乐回归宁静"

才是更恰当的说法

因为即使音乐结束

大气中仍充满琐碎的声音

天使什么都不吃

也不想吃

天使对一切都很满足

但对满足的自己感到不满

未出生的孩子

未出生的孩子

在妈妈的肚子里

打盹儿

妈妈站在沙滩上

望着大海

未出生的孩子

在妈妈的肚子里

笑呵呵

妈妈走上坡道

度过一天又一天

未出生的孩子

在妈妈的肚子里

转动身体

妈妈睡着了

对生命坚信无疑

已经出生的孩子

也就是你

远离了妈妈

从前生到来世

正把生命一笔写尽

物品们

我很喜欢这个天蓝色的玻璃酒杯
还没用它喝过一次酒
陀螺是带实测精度表的钛金属
享受这清澈的瞬间
口琴是我唯一会演奏的乐器
装在漂亮的布筒里

我生活在物品们的包围中
这些物品直到我触摸它们为止
乖乖地一直等着我
但仔细一想，物品们也分等级
比如内衣之类，因为经常在身边
作为物品有不自立之嫌

看惯了邻居围墙边的老树

妨碍河边公园散步的石头

天棚上好像藏着果子狸

植物矿物动物正如这些名称都是"物"吗

如果我是被称作人的活物

这个世界上的一切都可以用唯物论来解决？

这种毫无根据的想法也是日语的

多亏了"物"这个宝贵的词汇

今天有点沉思

天使考之 3

因为天使纯洁无比

不分贫富

都会对他们抱以天真无邪的眼神

天使只能做到这些

福利办公室却和税务处商定

竟然不承认天使的存在

但天使就在那里,人要是死了

就会为他们做些什么

但到底会做什么

只有死后才能知道

"天使就是我的无人机"

男孩在笔记本上写道,

"用灵魂的遥控器,
让天使到地狱逛一圈"
偷看少年日记的少女默默地
把自己的自拍给男孩看
女孩肩上刚长出的翅膀
男孩看不见

橡皮筋驱动的飞机模型
笨拙地在公园上空盘旋
然后砰的一声掉进了池塘

空地

孩子们在空地上蹦蹦跳跳

无论到哪个国家都在蹦蹦跳跳

很久以前孩子们就在蹦蹦跳跳

今后也会蹦蹦跳跳吧,只要运气好

大人笑着照看孩子们蹦蹦跳跳

画成画、谱成曲、写进故事里

然后把它当作回忆

去别的国家打仗

孩子们在空地上睡觉

怎么回事儿

孩子们总是不起来

大人已经无法返回空地

不知不觉间,空地被挖了个底朝天

变成了一个又大又深的坑

上面盖起了高高的楼房

盖楼的是幸运地长成了大人的孩子们

活着的孩子们在学校

学习有关死去的孩子们的事

他们在操场上蹦蹦跳跳

也有孩子低着头一个人站着

现在是树桩

抛开过去

不知不觉追赶过来

曾经的树荫现在却是树桩

在那里站过的人现在说不定

看似遥远，近在眼前

语言带来的东西微乎其微

在能理解的这几十年

反复浪费饶舌和沉默

现在，对婴儿古典的微笑

没有任何希求地报以微笑

生老病死也夺不走

这微不足道的生命瞬间

它隐藏在每个人的肉体中

可是,我们没意识到它的价值

我们匆匆地抛弃每一天

旧照片塞进杂乱的箱子里

有必要盖上盖子

照片比我的记忆更清晰

当时的现在比现在……写到这里

我无法选择接下来的词语

六月

等着你

坐在木椅上

不知道你是谁

等着你

天空阴沉沉的

但这是一个与之相符的时代

听着像云间之光一样的亨德尔

等着你

虽然我知道你绝不会来

忍受着独自活着

在回忆就像希望一样的下午

虽然想着你也许不在

但我又不能不等你

等着你，不梦想明天

惊恐于这个世界的深不可测

不怕被禁止

不期待被宽恕

不依靠任何祈祷

等着你

与初开的紫阳花一起

等着你

仿《鲁拜集》

拘泥于将众生送往另一个世界的使命

酷似阴茎之物飞上天空

留下在火焰和轰鸣声中摇曳的野花

与我分享善恶的地球之子,导弹啊

悲伤在蓝天中融化,消失

但是,哀痛深处的悲伤不会消失

就像灵魂的峡谷永远会传来

远古的主调低音一样

掀开心灵的盖子，里面什么也没有

我慌忙合上盖子，掩藏起空虚

一切从这里开始

要往其中加入什么无法只由自己决定

不必说，不必写

不必试图用语言去表达

现在充满你内心的东西

那从远方涌来的看不见的波浪

海滩

落日的逆光炫目

海滩上有一个轮椅

看不见坐轮椅者的面孔

旁边还卧着一只狗

就像世界末日

世界仿佛从这里开始,现在

寻常的情景让时间停止

远处传来教堂的钟声……

我的神没有人格

混入日常生活中

我的神可以召唤

狗先站起来,轮椅归去

我在无人的海滩等你

无言的星星闪烁着显现

午间,在丰饶里迷失自我

夜晚,我皈依隐藏着光明的黑暗

在无休止的海浪声中

一边焦虑着被拯救

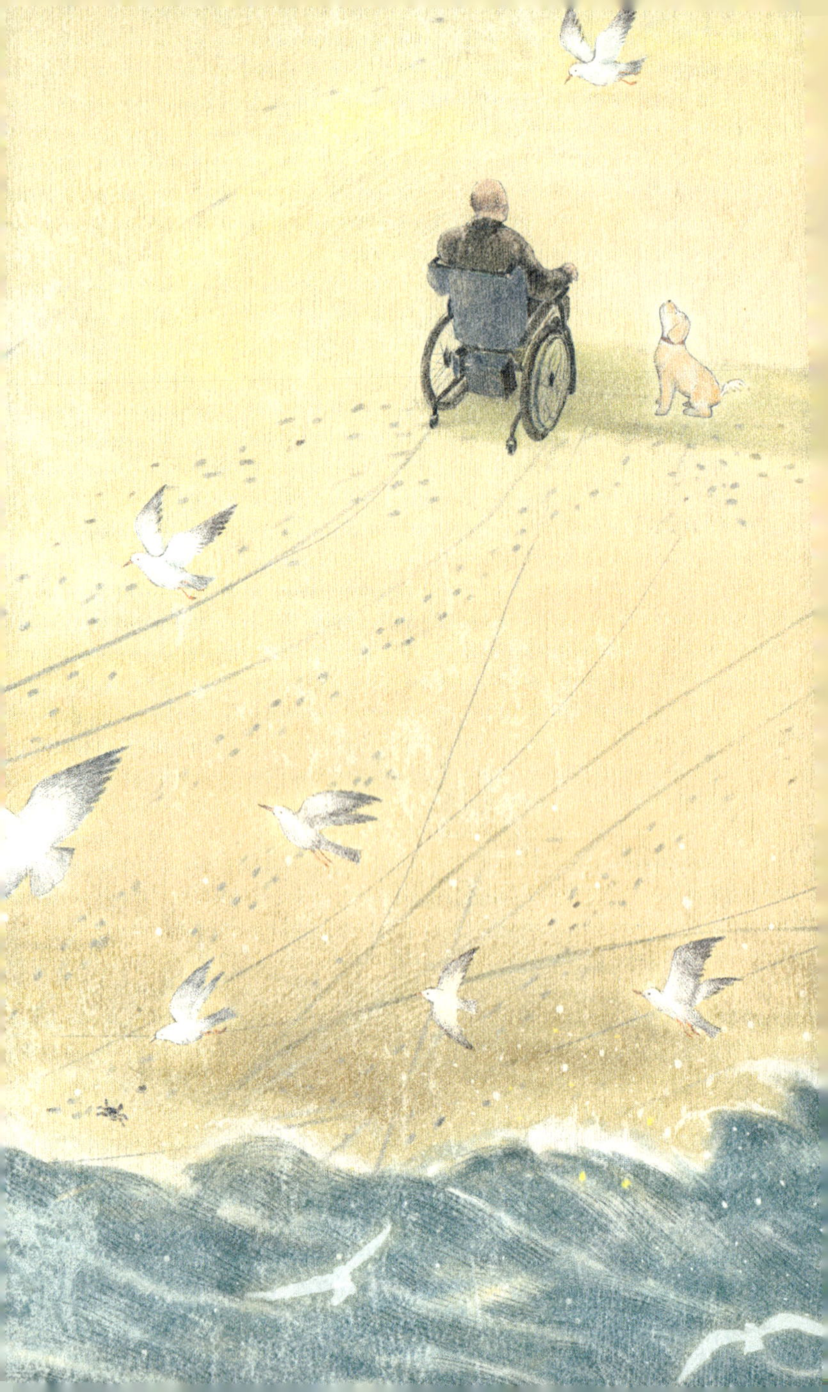

我又对诗歌感兴趣了

刚才重读了昨晚写的诗

第一人称用"咱"代替文绉绉的"我"

把"咱以为"改成"咱要"

仍感觉变化不大

语言束手束脚

用哭声和笑声

就不能作诗了吗？

夹在棒球的转播中

我听见卖豆腐的喇叭声

我差点儿以为

世界很和平

诗明明到处都是

要想把它拾起来

这人世间就来捣乱

虽然在辞典里与和平共存

但彩虹和 ICBM[1] 这两个词之间

诗能挤得进来吗?

1　射程在 5000 公里以上的洲际弹道导弹。

拐角

走着走着,遇到一个陌生的拐角

我想昨天应该还没有,但不能确定

右拐不就到港口了吗

街角的空房子是不知何时建造的木屋

对面出售的房子上最新的建材闪闪发亮

我想快点转弯,却下不了决心

有个小学生面不改色地一个人拐了过去

是去众议院或是参议院吧

如果可以不转弯便能走到目的地就好了

但拐角有它的魅力

我还在磨磨蹭蹭,远处放起了烟花

已经有什么即将开始

我下决心不拐弯，而是走进笔直的小巷

路上没有行人，只有猫在踱步

我开始担心道路不知道通往哪里

掏出智能手机打开地图

所在地却变成了陌生的行星

这种错误真的有可能出现吗？

我用语音询问却得到"由用户自行负责"的答案

真是不负责任的应用程序，不过也不是没有道理

我下定决心与猫同行

不决定目的地的话心情就很轻松

剩下的就"下期待续"啦，我自言自语

喵，猫如此作答

下期待续

想读到下文就不得不等三十天

对孩子来说,未来是只能等待的

但未来是可以创造的,这就是现在的大人的虚张声势

未来是年刊、月刊、周刊、日刊,网上该叫时刊

大家都猛踩油门

可是新的东西在哪里?

最新的发现是大自然的碎片

最新的发明也以古老的自然为原料

最新的思想跟不上社会的发展

下一期成为本期那天

也转眼间过去

昨天变成今天,今天变成明天,就像醉汉走路

有些人用语言描述现实

有些人用影像把它串起来

真相赤裸裸的下一期

在意想不到的地方等你

1 January
Sun Mon Tue Wed Thu Fri Sat
1 2 3 4 5 6 7
8 9 10 11 12 13 14
15 16 17 18 19 20 21
22 23 24 25 26 27 28
29 30 31

再仿《鲁拜集》

享乐吧!你还在纠结什么?
比我年长八百多岁的诗人醉后感喟世事无常
清醒的我却仰望蓝天
陶醉在云变幻自如的媚态中

太阳公公、月亮婆婆、星星姐姐
没抱任何疑问,一直这样叫着
孩童时期,天体都是神仙的亲戚
原来它是不受知识荼毒的幼小智慧

有个家伙说，无论什么难题都能用打钩、打叉回答

但如果你没有限制地反复自问自答

反而会认可没有什么答案能让人认可

钩和叉之间甚至还会挂上彩虹

明天还没到来的今天

昨天已经离去的今天

在厚重的历史书的某一页上

寻找像看不见的书签一样夹在那儿的今天

藏好了吗?

被雨声吵醒

起来洗了把脸

发现饭桌上有一只雪一样的白兔

有点吃惊,不过还好

重读了旧日记

上面写着"我重读了旧日记"

旧日记里出现的更旧的日记

已经没有了

雨停了

自然变幻无常

从窗口射进来的阳光晃眼

太阳很慷慨

时常有人问我"藏好了吗"

我姑且回答"还没有"

这样的玩伴

现在也没有了

饭桌上有一只兔子

已经很熟悉了

我厌倦了问号

感叹号太漫不经心

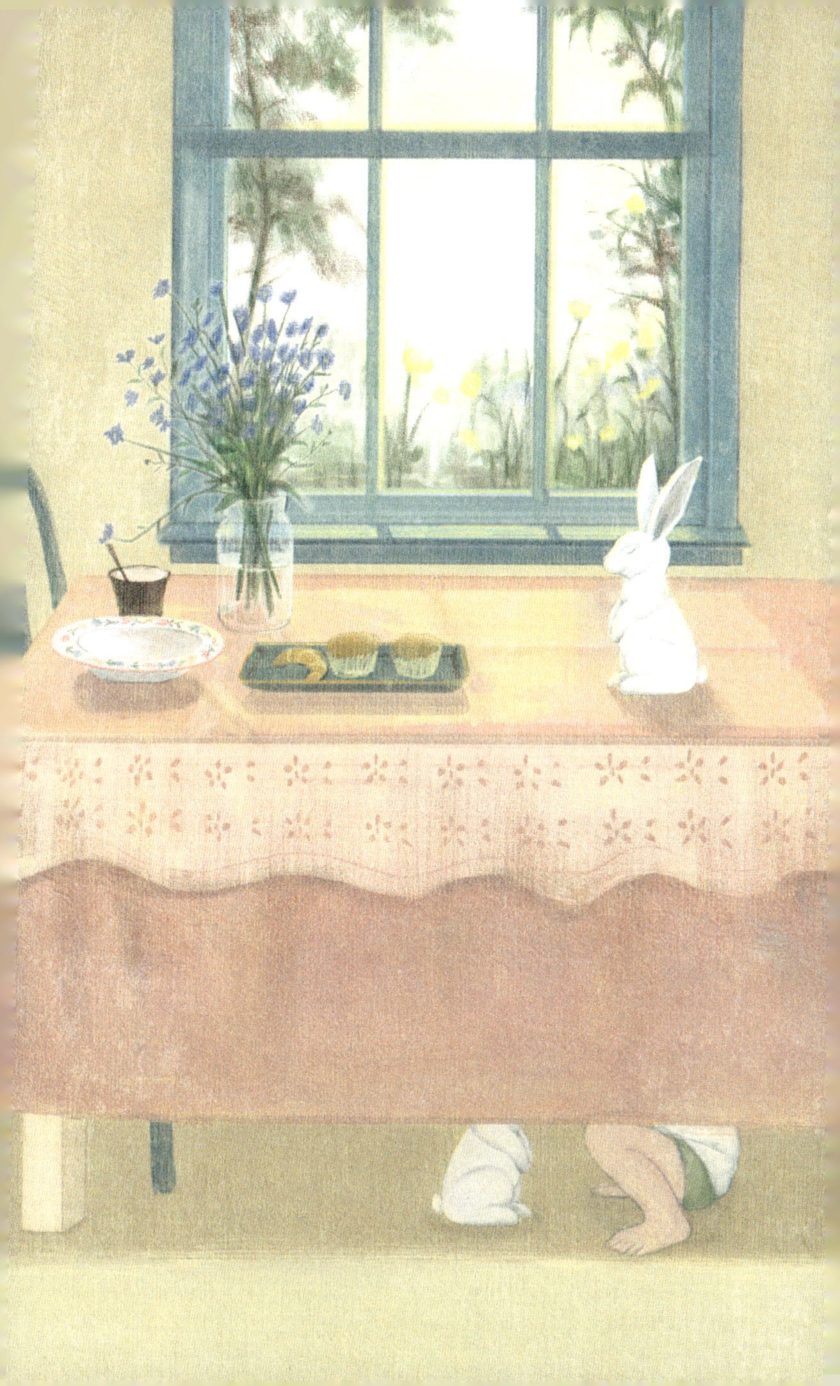

无名老百姓

因为厌倦了一个人写诗

所以我打开搁置一旁的报纸

大标题写着:"谷川俊太郎"是何许人也

我下意识在心中回答

没错!我就是这个"何许人"

如果说户籍名是用来大隐于市的假名

那么我生命原本的名字是什么

"生命的名字只有一个

无名的老百姓"

过去的诗句仍活在我心中

无名却已经是一个名字了

人类用语言命名一切

因此无名这个特殊的名字

保持着命名之前星星的璀璨

这样写下也仅仅是美丽的辞藻吧?

渴望生命,我要作为人而活

擦掉名字上的污垢

下雪的早晨

下雪的早晨

大人能变成孩子

趁着夜晚,变得雪白

起来后心里怦怦直跳

把大人的约定忘得一干二净

不在乎去哪里

围上围脖出发

这是与平时不同的足迹

像往常一样仰望同样的蓝天

你到底去了哪里

小时候明明就知道

谎言戴着真正的面具

涂色书在各地很受欢迎

下雪的早晨

心的颜色各种各样

今天早晨却是纯白的

虽然是理所当然的,却似乎很奇怪

隐藏在大人背后的孩子出现

摇摇晃晃地从星星走向星星

跨越时间,心醉神迷

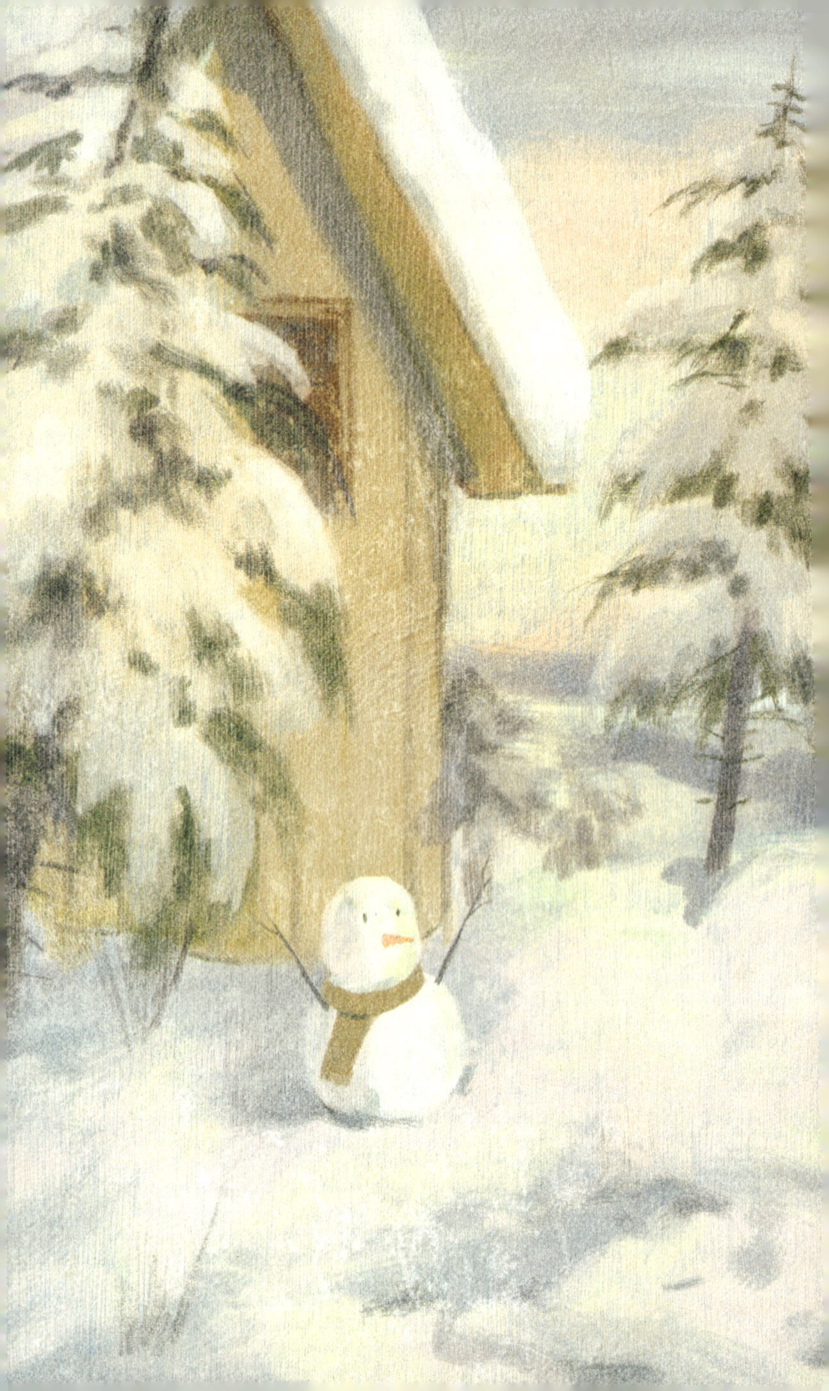

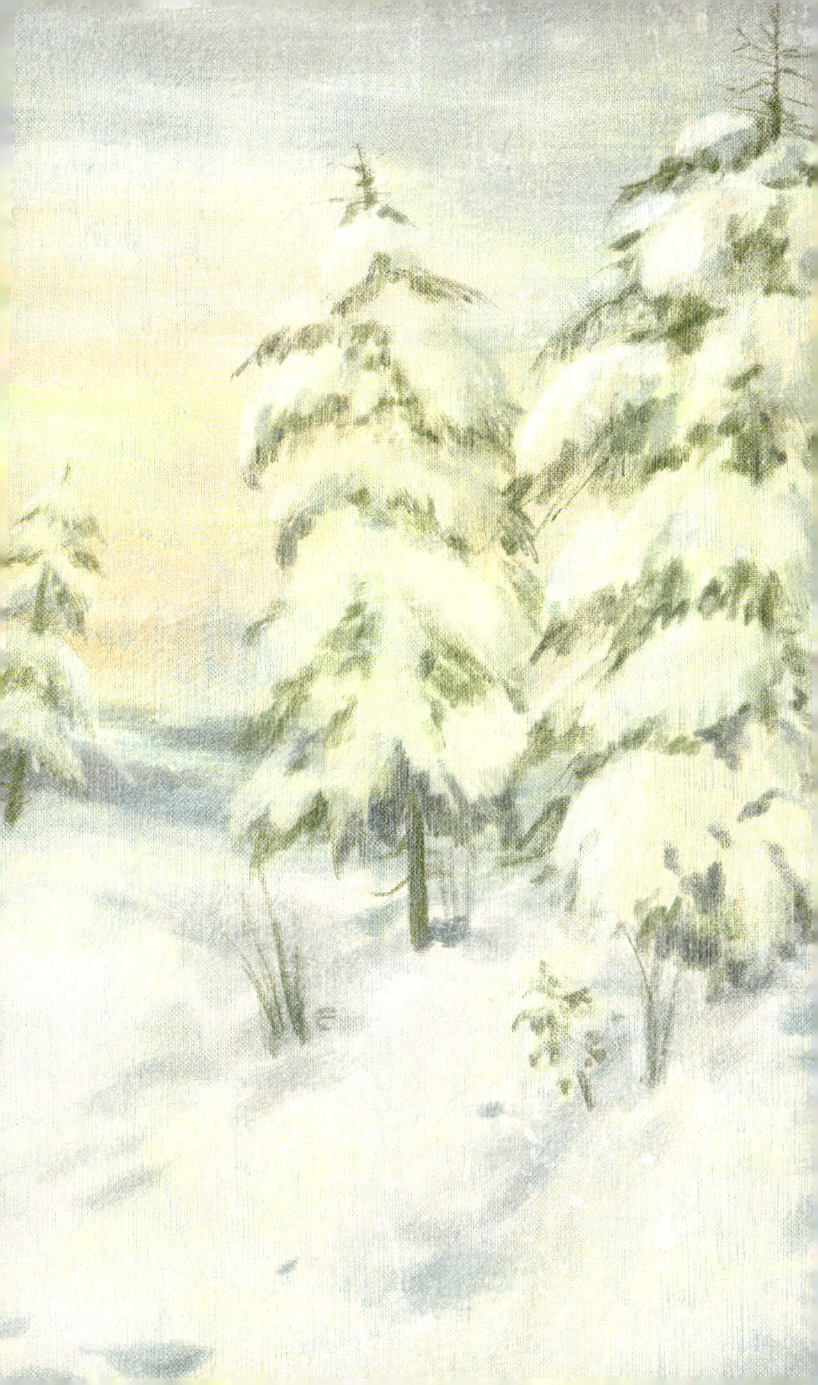

无知

我不知道的是

我被支配着

我什么都不知道?

连这个都不知道

有一道看不见的墙

持续几个世纪

人类筑起的墙

把真实和虚假堆积起来

只要越过那堵墙

就能自由

我思考着

前方究竟有什么呢

在此我知道什么呢

不通过语言知道的东西

不分真假的东西

无知的未知的地平线?

因为不知道

守护的东西

因知道而失去

人类的知识是脆弱的

无标题

在我无法处理掉的母亲学生时代的笔记本上
抄写着一首无名作者的英文诗
反复阅读中自然而然地浮现出日语

"郁郁葱葱的树木在城堡外随风摇曳
现在不在身边的你
会为我创造明天

我们曾相守的日子
会在我的诗句中无数次复苏吧
你的模样永远是不会醒来的美梦

除了我们俩,其他人都是拉线人偶

缠绕的线消失在云层间

人们享受着一瞬自由的幻觉"

像在临摹英文字帖的认真笔迹

我年轻的母亲这个时候

可能已经恋爱了

日常

早晨,右手摸着被窝里伸直的左手
握住的仿佛不是自己的手
不是已干涸的握手的记忆,而是恋人的手的感触……

起床,发现院子里的树开着大白花
记不得那棵树的名字,岁月就过去了
心至今还在不停地跳动着

老相识发来了传真
钱是无心的,但它既不会跟着诗一起来
又纠缠着人情,这该怎么办

回答的次数渐渐多于被提问的次数

回答的时候总是对自己诚实吗?

想吐槽撒个娇

目录里有好几页马桶的照片

这里也确实隐藏着"诗"

但不容易变成语言

曾是背篓的一个大竹筐,是我家的废纸篓

可燃垃圾懂得放弃

丢弃前虽会犹豫,最终还是丢弃在那里

刺

小鸟在鸣叫

风吹动着树梢

还有树梢上的天空

刺什么都没有创造

一切都产生于自然

我的心中满是无言的感叹词

啊！被言说的存在

充满无限语言的沉默

我能叫出唯一的名称吗

一起都属于自然

只有被称为"神"的东西

凝聚于自然,却又不自然

人类的语言是扎进自然的刺

里尔克死于玫瑰的刺

但这个时代的诗人没有意识到这一点

因语言的刺

死去

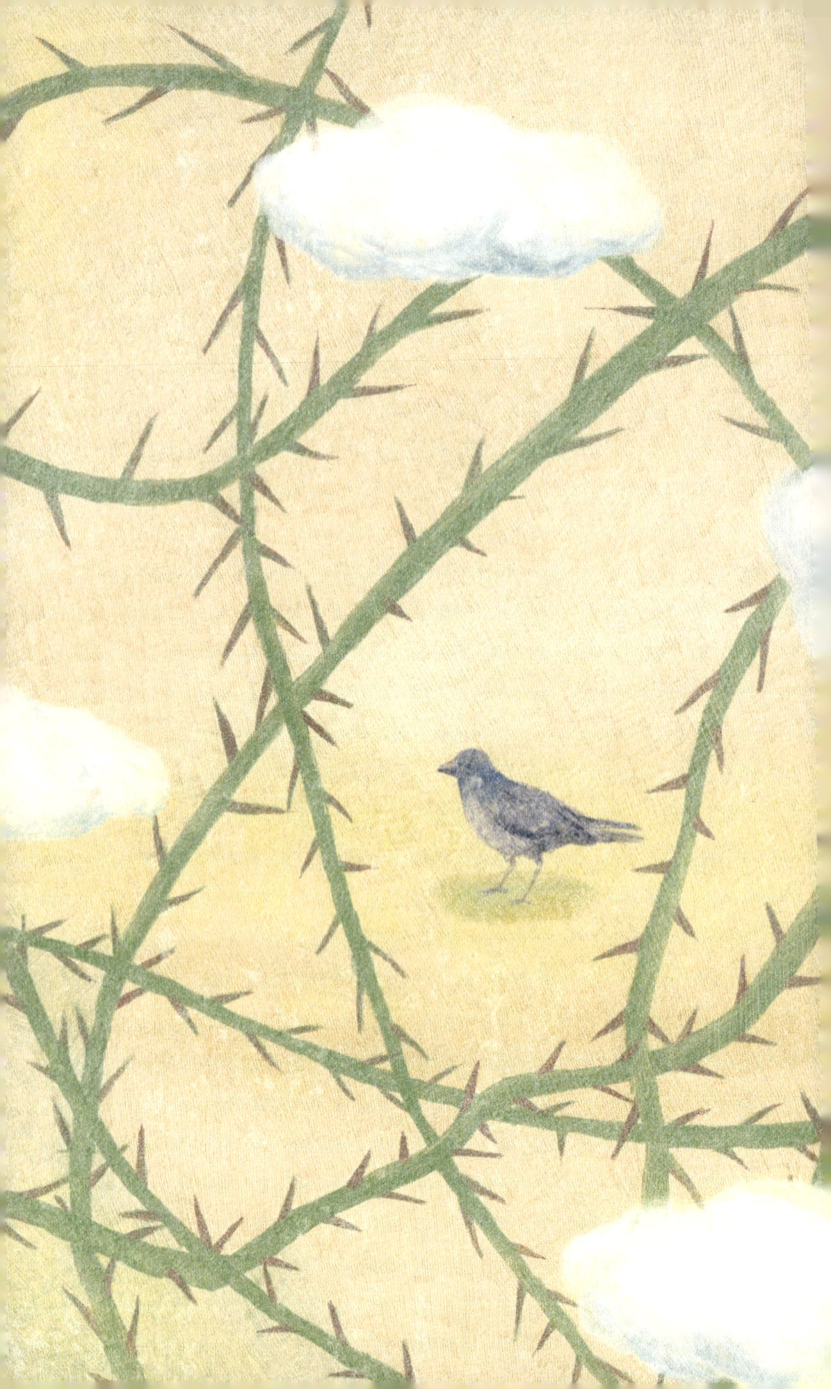

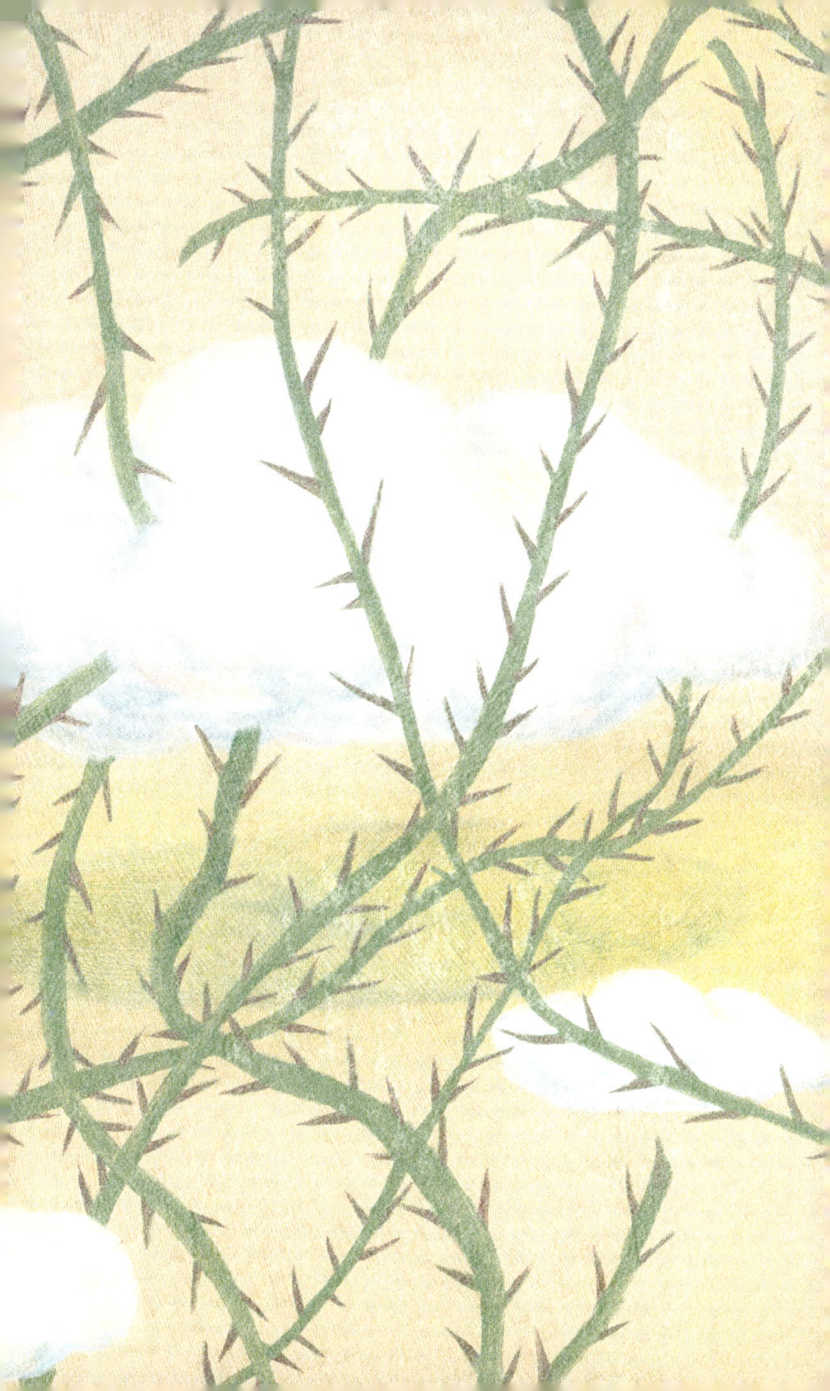

创世记

不是由谁创造的

今世诞生于来世

不是某一时刻诞生的

诞生于不知不觉间

一开始什么都不存在?

是这样吗?

一开始难道不是什么都存在吗?

只是看不见,听不见

无论怎么回溯时间

都无法了解开始的开始

身体只是活在当下

心只是憧憬无知

今世太广袤、太深奥

来世肯定更广袤更深奥

与此相比,神渺小得微不足道

与人类并无不同

我从今天起开始认真做人

看透

我看透了这个人类社会

我真的想这么对你说

不是放弃,而是看透

不是看透你,也不是看透我,而是看透人类社会

我想从看透的地方开始

这想法听起来是自大还是傲慢?

我并不想否定你描摹的未来

要实现语言描摹的东西

从抽象到具象,从观念到事实

必须走上令人晕眩的艰难之路

在哪儿可以迈出这一步?

抛开语言,要选择怎样的行动?

在一成不变的日常生活中

为未来设定目标是不错的消遣

趁全世界还没有完全幸福的时候

贤治这样写过

所谓全世界只存在于语言之上

"不可能实现的个人幸福"则在全世界的不幸正中央

诞生于你微不足道的心灵吗?

词语先生

突然讨厌文雅的写法

词语先生只是坐在公园的长椅上

哪儿都不去

好像厌倦了思考

思考出来的诗

几乎都过了保质期

盲目地往前走

撞到的东西捡起来比较好

小时候有个收破烂的人

把可燃垃圾和不可燃垃圾都扔进背篓

那些东西扔到什么地方去了呢

对捡到的词语进行区分和组合

是与词语先生交往了六十多年的看家本领

看似渣滓的东西,若能适得其所

便会在诗里行间化身为来路不明的瑰宝

我并未厌倦这种刺激

但在俗世虚假语言失禁的洪流中

真言也浮浮沉沉,与塑料垃圾一起

漂浮在波浪间

词语先生,词语先生

"真的事情"在哪里?

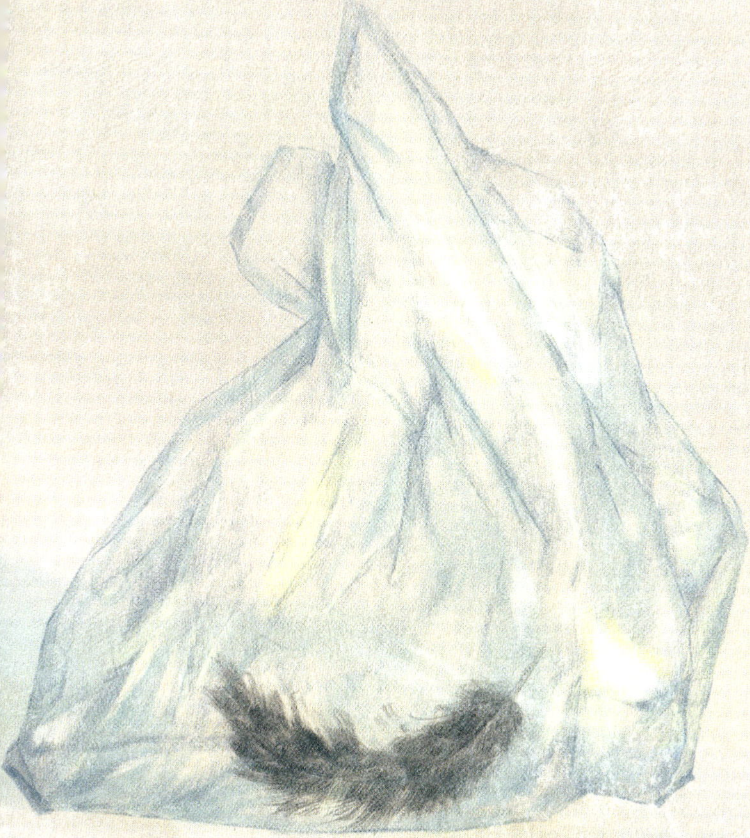

看着云

看着云

婴儿时

什么都不知道地看着云

那白色轻飘飘的是云啊

是谁告诉我的?

很久以前就在看云

并不是一个劲地看

回过神来,眼睛已看着云

以蓝天为舞台

云的哑剧没有结束

当你看着云

留意到看云的心情

其他的心情都消失殆尽

这个无法告诉别人

在夕阳渐渐西下的天空中

云分散着隐藏光辉

毫无理由地感到胸口紧绷

想去出生之前的

遥远的过去

今天还在看云

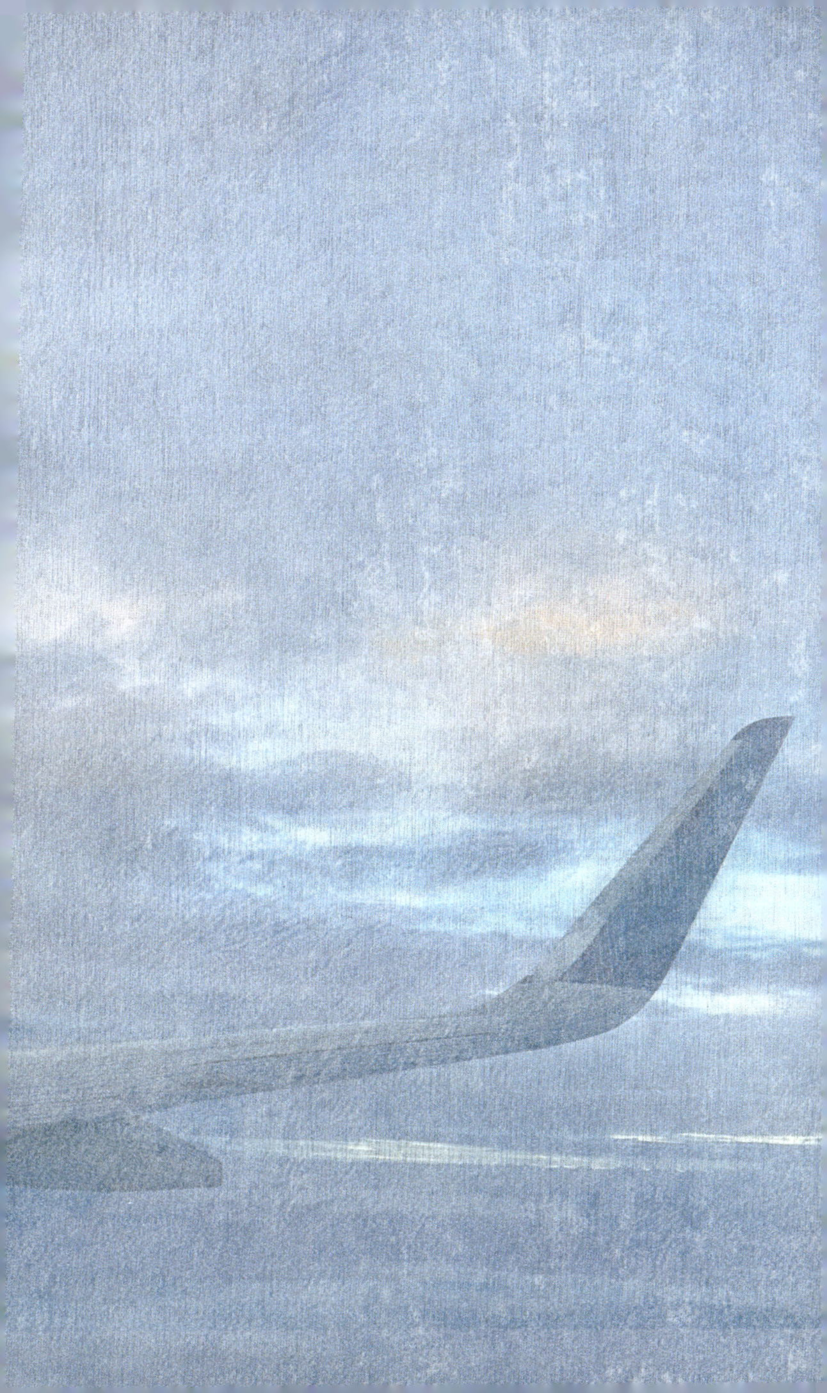

诗人

我的中指在触控板上滑动
它逮住一个又一个文字
像小蘑菇一样纤弱的诗
从语言的腐叶土中生长出来

……女孩一开门,男孩就进来了
大海用它的巨舌不停地舔舐着港口
人们被金钱附体,到处走动
女孩默默地拥抱男孩

门外楼梯上传来咚咚的脚步声
被隐藏的故事过门不入

沿着手掌上的地图能否走到

没有正义审判的国家

水平线上涌现出滚滚的积雨云

向日葵背对着太阳垂头丧气

射电望远镜凝视着过去

男孩从女孩的房间走了出来……

诗人热爱着世界

主要用语言

反复

早晨,鸦鸣

喝白开水

虚之香

记录上出现霉痕

老母亲的褪裰

绵尘

光年是梦幻

一票是碎片

不问真伪

活着的反复

快与不快

四季迟钝

国歌的躁郁

锁门

梦中

早晨,轻微的地震

七五调

自己很重

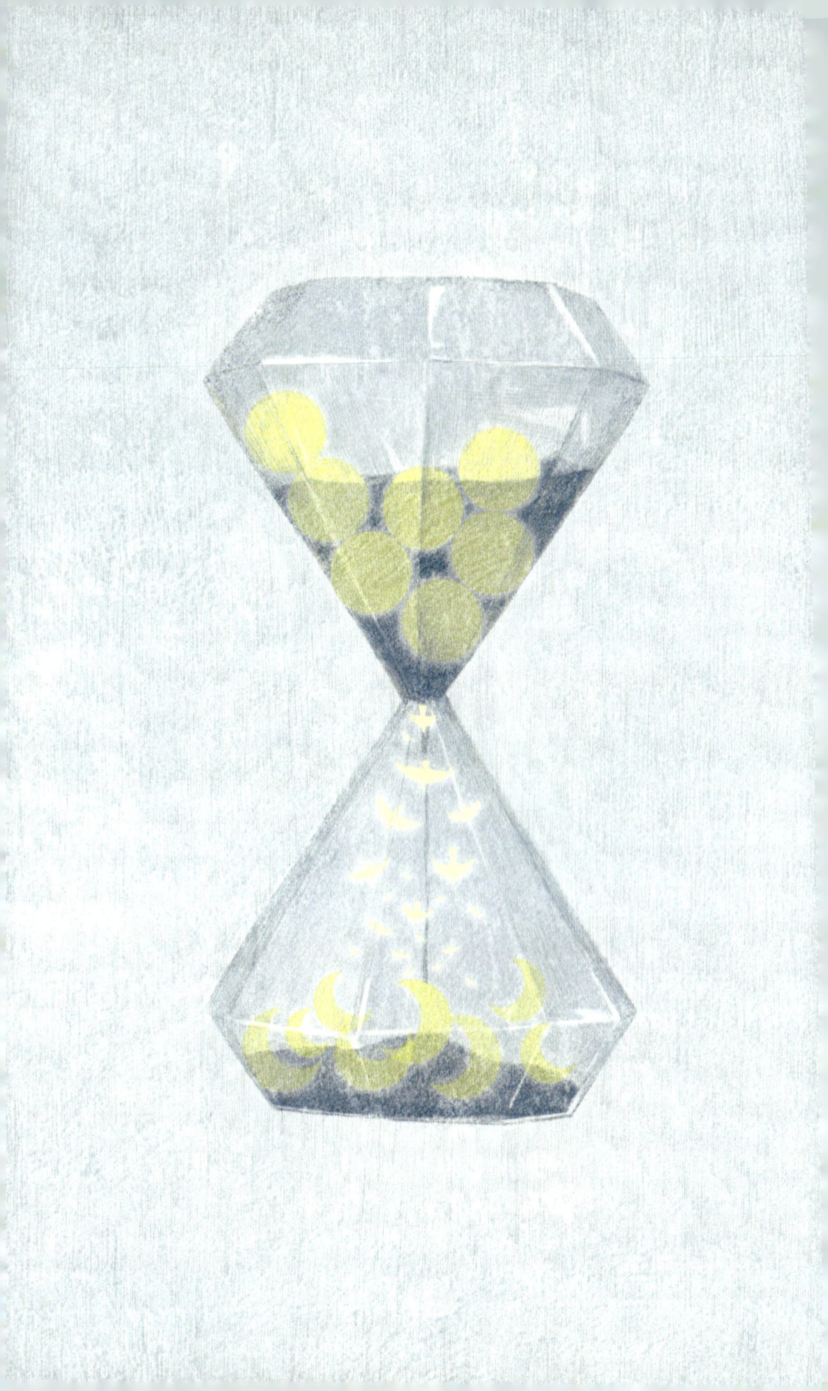

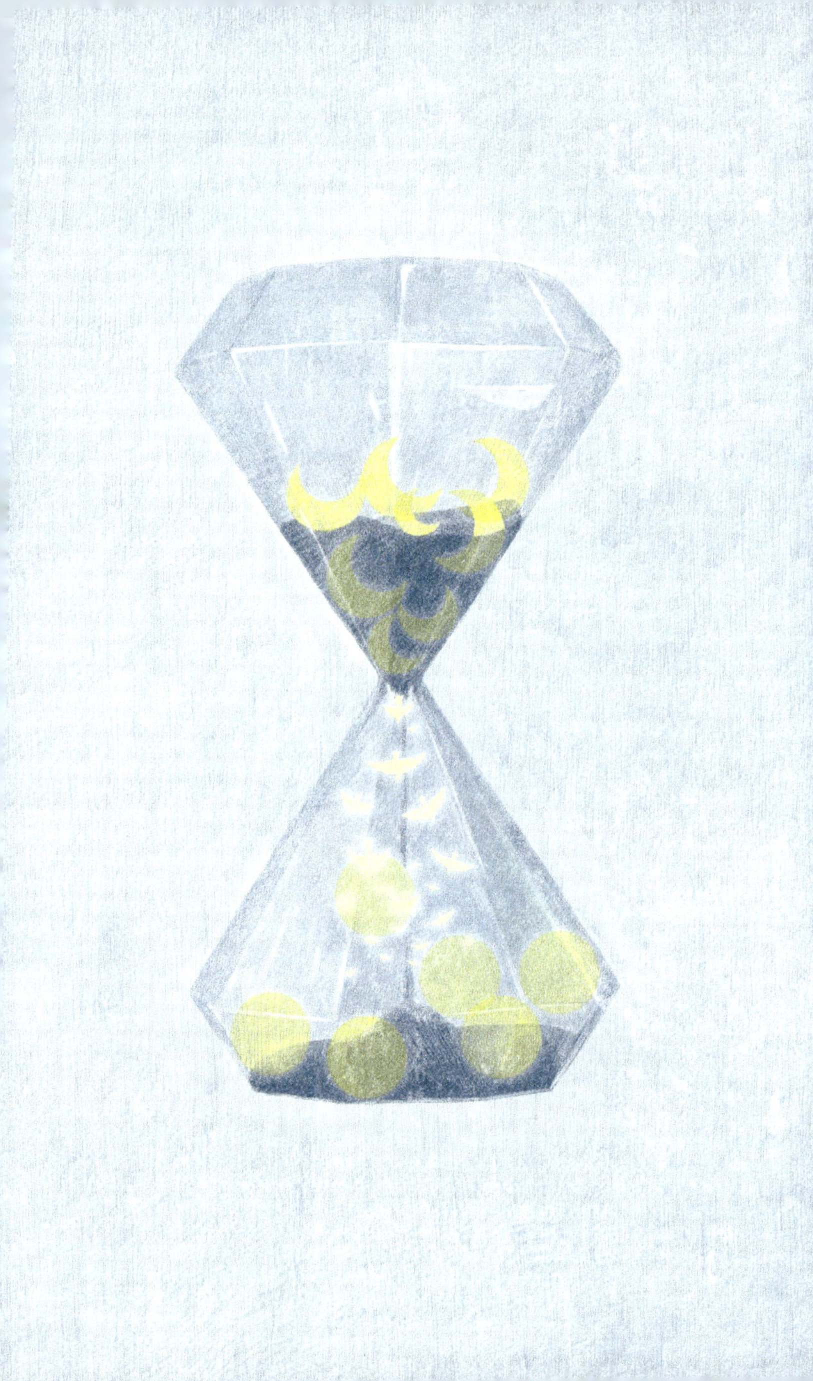

幻村

太阳升起的方向有一座岩石

枫叶淹没在急流中

母亲不得不抛弃了父亲

狸子现在也想变身

少女们学习历史

扑哧一笑跑出去

在棋盘的宇宙中游动

对面也有慢吞吞的棋子

野花为无名喜悦

功德箱里有五日元硬币

与行情数字无关的猫狗

九十岁的某女人平安无事

是冰冷的宇宙角落

还是残酷的历史堆积?

这里到底是哪里

一到春天,笔头菜就露脸

我现在在日本东京

寻找幻村的网站

就这样

谁说的?
就这样吧
对这样的我
以树之声
以雨的低语

放下语言
听
身边的声音
悲伤
依然悲伤

右手

用来指人的手指

揭露指纹

一个人的

我

在阴天

下

为诗歌谎言的

美丽

而羞愧

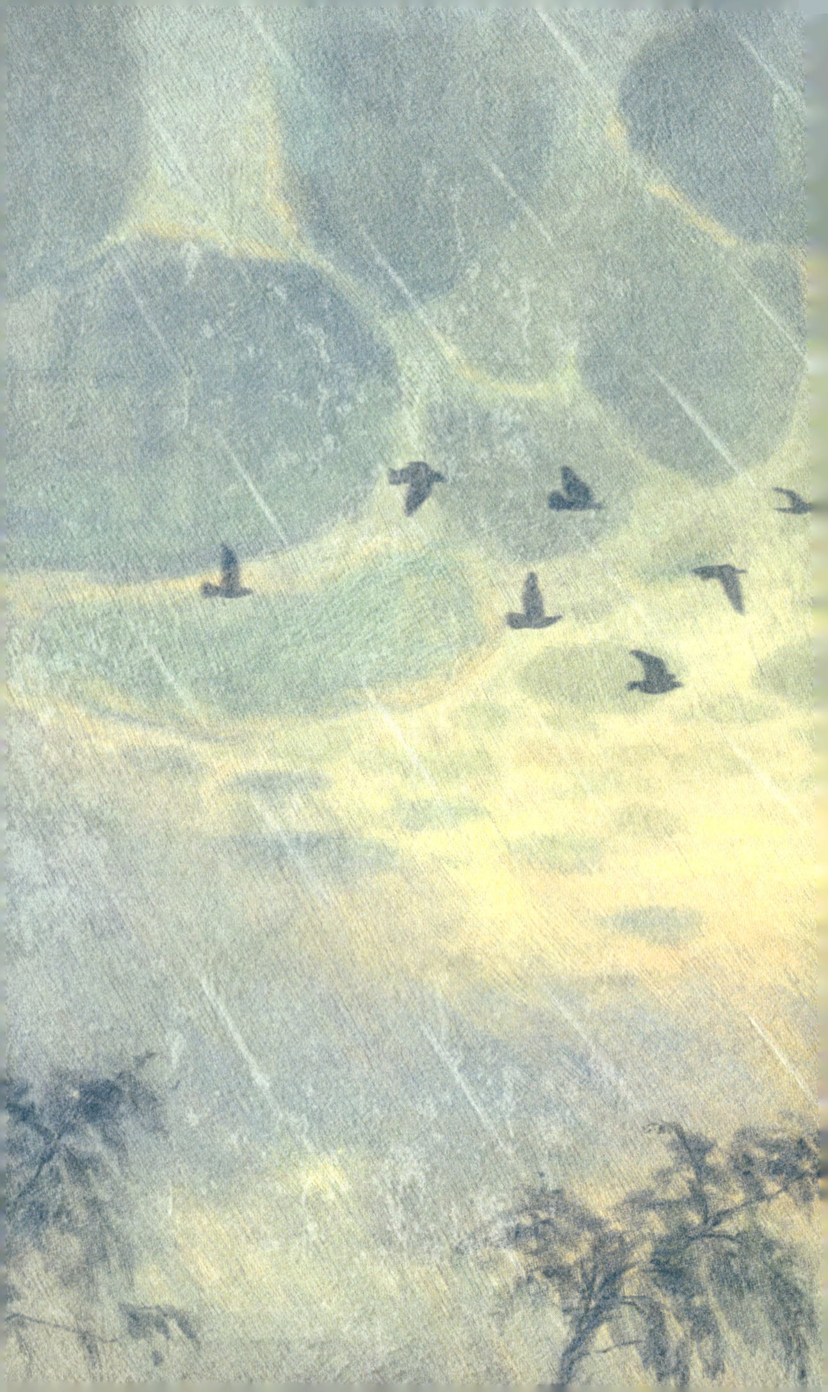

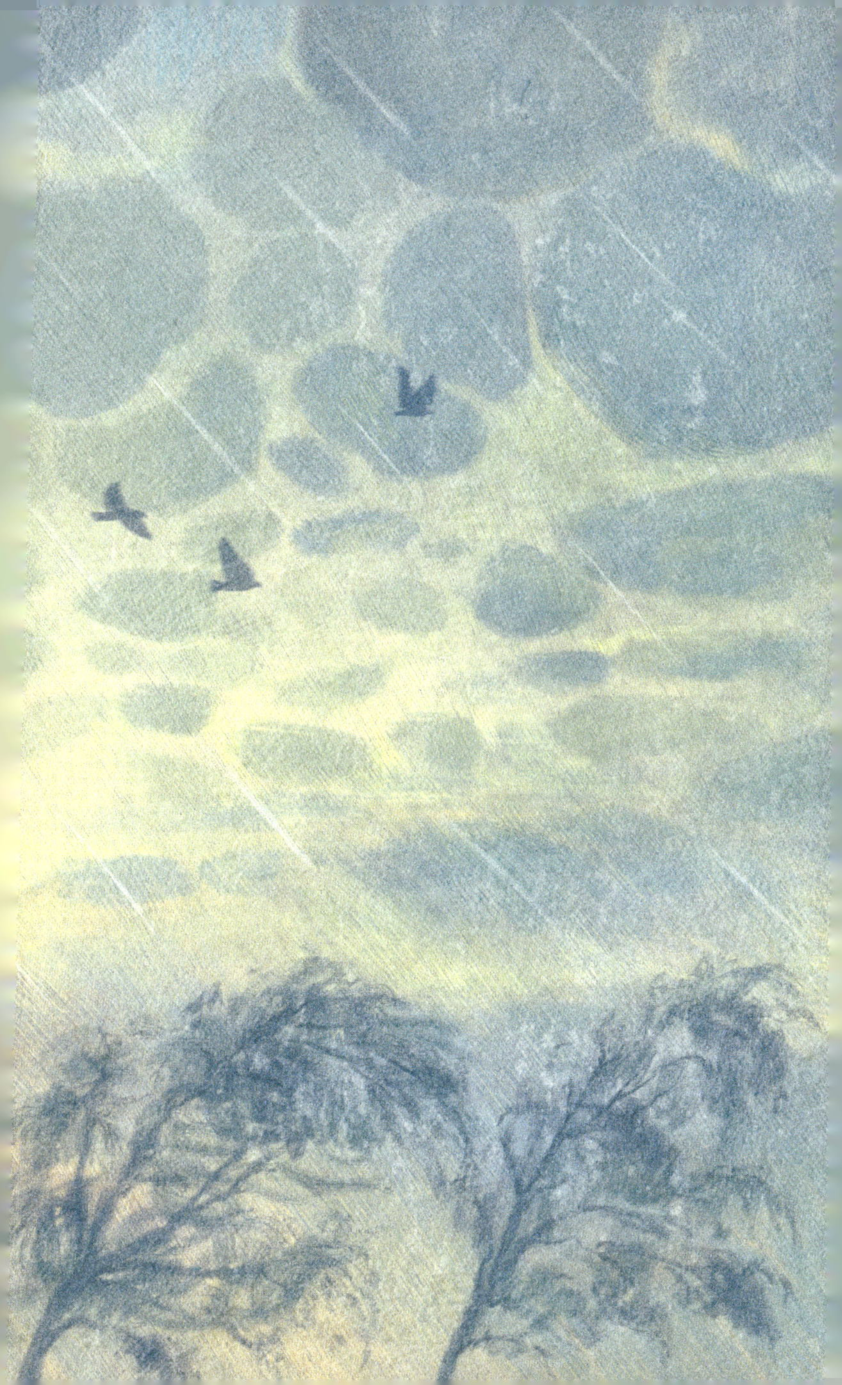

天与我

天听

天之无言

我听

人的饶舌

天看见

整个宇宙

我看见

VR

天玩儿

永远地

我玩儿

十连休

天的名字

只有一个

神的名字

八百万

天无穷尽

我刚过上米寿

顺从天意

我抽身离去

夜晚的静物画

装在篮子里的水果被画成画（作者不详）

做成明信片装在小小的画框里

看不见曾经伤害过我的文字

无比逼真的黑亮手枪

充电时点开的手机微光

亡父使用过的大放大镜

不公开的日记（记录的是那个下午的记忆）

现在想也许是一场梦

两个沾着指纹的酒杯

火绒草的干花

日历告诉我今天的运势

不知从何处隐约传来的莫里科内

装了一半药丸的药瓶

刚刚用完的 2B 铅笔

难以构图的沉默的生命

不管有什么不幸,明天都会如期而至

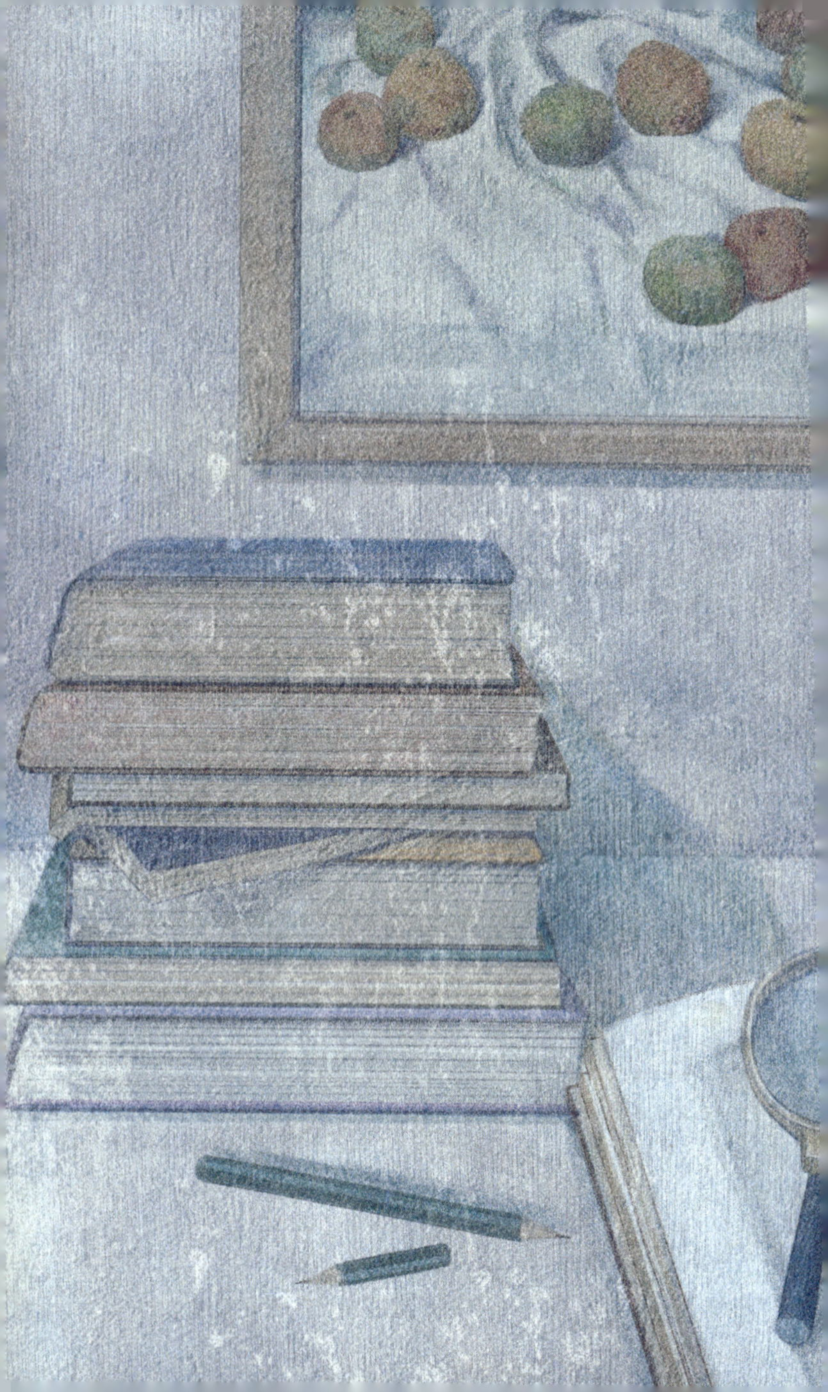

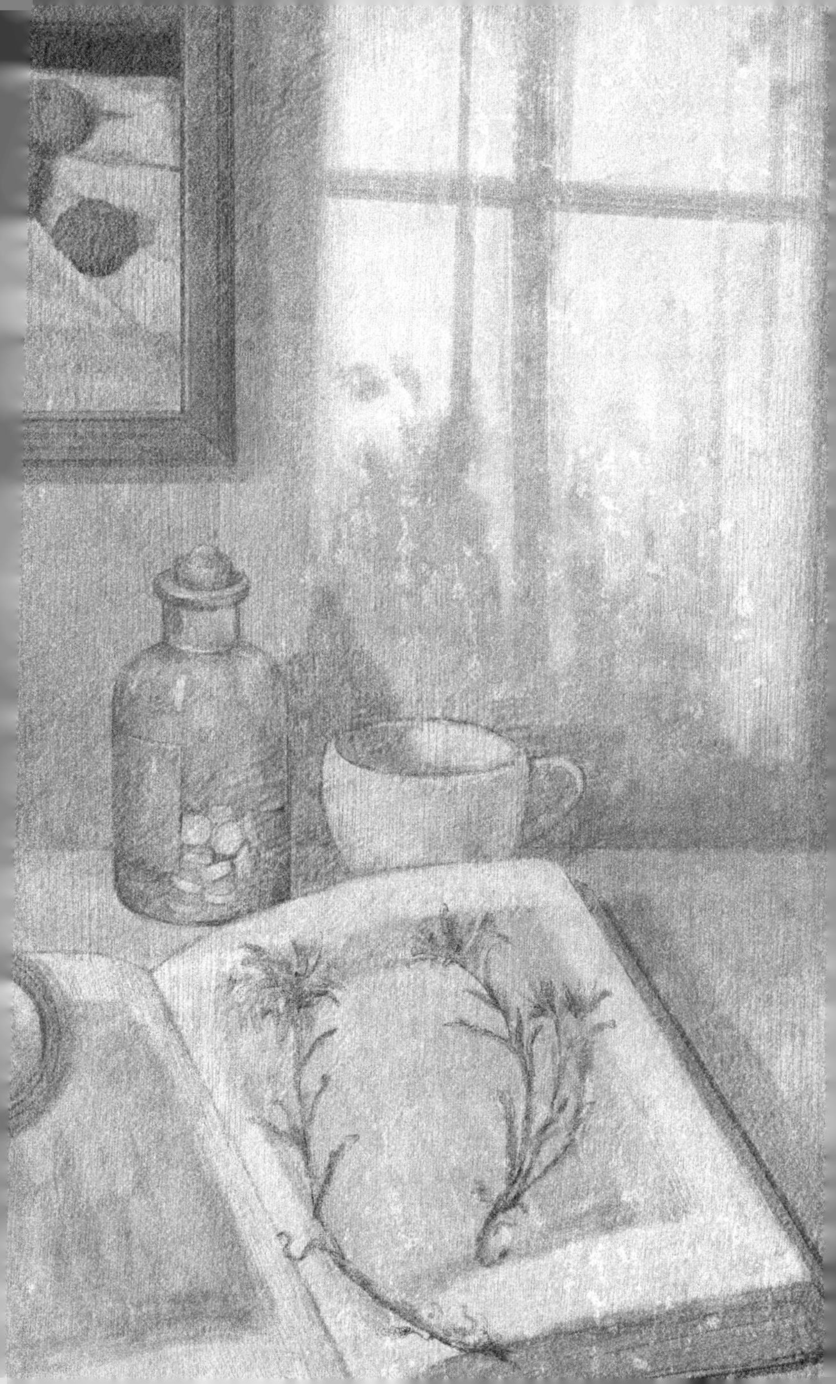

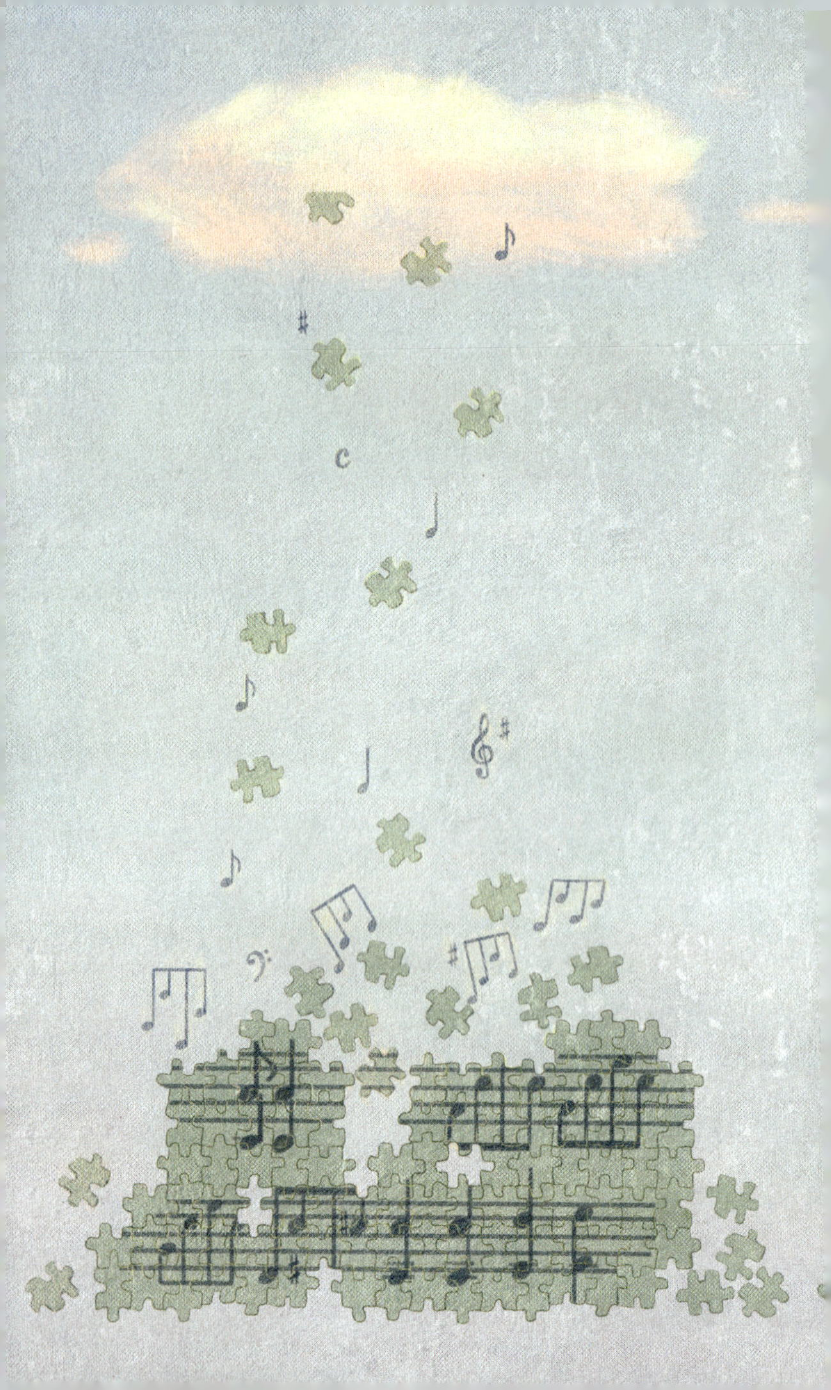

音乐的边角料

还不满三小节

这串短促的钢琴声

定义了世界

用语言来说就是

我早已知道

世界会收缩得渺小卑微

所以只重复琴声,把它铭记心中

琴声中没有一丝痛苦的记忆

只有古老而陌生的哀伤

像乡愁一样复苏……

世界上的一切都是美好的

因为残酷、悲惨、丑陋、邪恶

都被世界的美丽所拥抱

今天，你可以在历史的尽头安于现状

声音这样告诉我们

就像飘浮在蓝天的一朵云

刚出现又消失

一个和弦后面的几个和弦

凭着这点音乐的边角料

我开始这一天

锁链

缝补之前线断了

想系的时候绳子断了

该绑的绳子也断了

连接的网也断了

纽带早就断了

只剩下锁链

连接我的锁链啊,锁链

让我抓住我

你把我与我连接

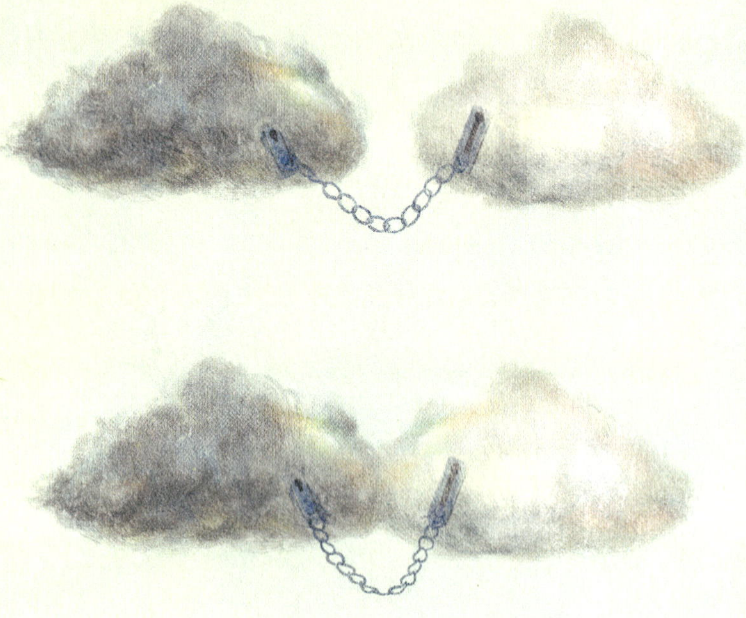

你不会让我逃走的

适应硬冷的皮肤

今晚，我也要与你一起睡

被束缚的我啊，我

把身体寄存在锁链上

心在空中彷徨

向往自由，畏惧自由

在梦中玩耍，我等待

生锈腐朽锁链的衰老

一行字

一行字立着

就像赤裸的少女

不受意义的荼毒

在纸的雪原上

年老的入门基础

被扔进山里

字体的群众

不出声

潜伏在

早产婴儿的丹田

语言彩虹色的

小小旋涡

呆立着的一行字

所前进的路上

树叶的摩擦

遥远的海浪声

悄悄的

爱的低语

片刻

和重要的东西断绝了关系

虽然是

眼能看

手能触的

小小的东西

事情还没了结

即使闭上眼

心也看得见

那天的

那个傍晚的事

从此，时间

自然

与正午的树木一起

与深夜的星星一起

扔下日历带走了我

声音消失了

语言却被记录于纸

在动脉静脉交错的路上

找累了地图没有的地方

止步片刻

永达维纳

等着语言变成诗

正在书写的现在

车在外面空转

想起突然死去的朋友

把"名(na)"和"菜(na)"

幽禁在"な(na)"这个假名里

是不可取的,我大发雷霆

这是好几年前的事了

心牵起语言起泡的水路

莫非是打算去哪里旅行?

暂时放下诗,喝红茶

我这个实体!

"好了好了!"

男人大声叫喊

那家伙今晚吃什么

诗也要依据语言之前的事实

永达维纳

闻所未闻的地名

在网上查找那里的天气预报

没有意义的小快乐

有和没

我没写过贫困

没写过疑难病

虽然用比喻写过

但写出的并不是事实

我没坐过坦克

也没买过国债

开玩笑躺进过棺材

没在稻田插过秧

我借给过诗人钱

没向诗人借过钱

我没说过我不撒谎

我欺骗过自己

我从没想过要去伤害女人

但的确伤害过

我曾经想过把什么事情当成没发生

从没把没有说成过有

每天过着随心所欲的生活

不是没有莫名

感到孤独的时候

我被警察盘问过

朝向夜晚

脚蹭着地慢慢地走

不是自夸,我是个老人

到了这把年纪

面对衰老的事实

像小孩一样不知所措

沿着记忆的篱笆走

懊悔漫无目的地袭来

自责的念头早已淡薄

感慨是和式砂糖的甜

是挥发掉的几行诗

熟悉的山脉变成遥远的影画

被父亲的暴力打垮

载着无助的孩子们

发出轻微嘎吱声的四轮马车

能去往哪里呢

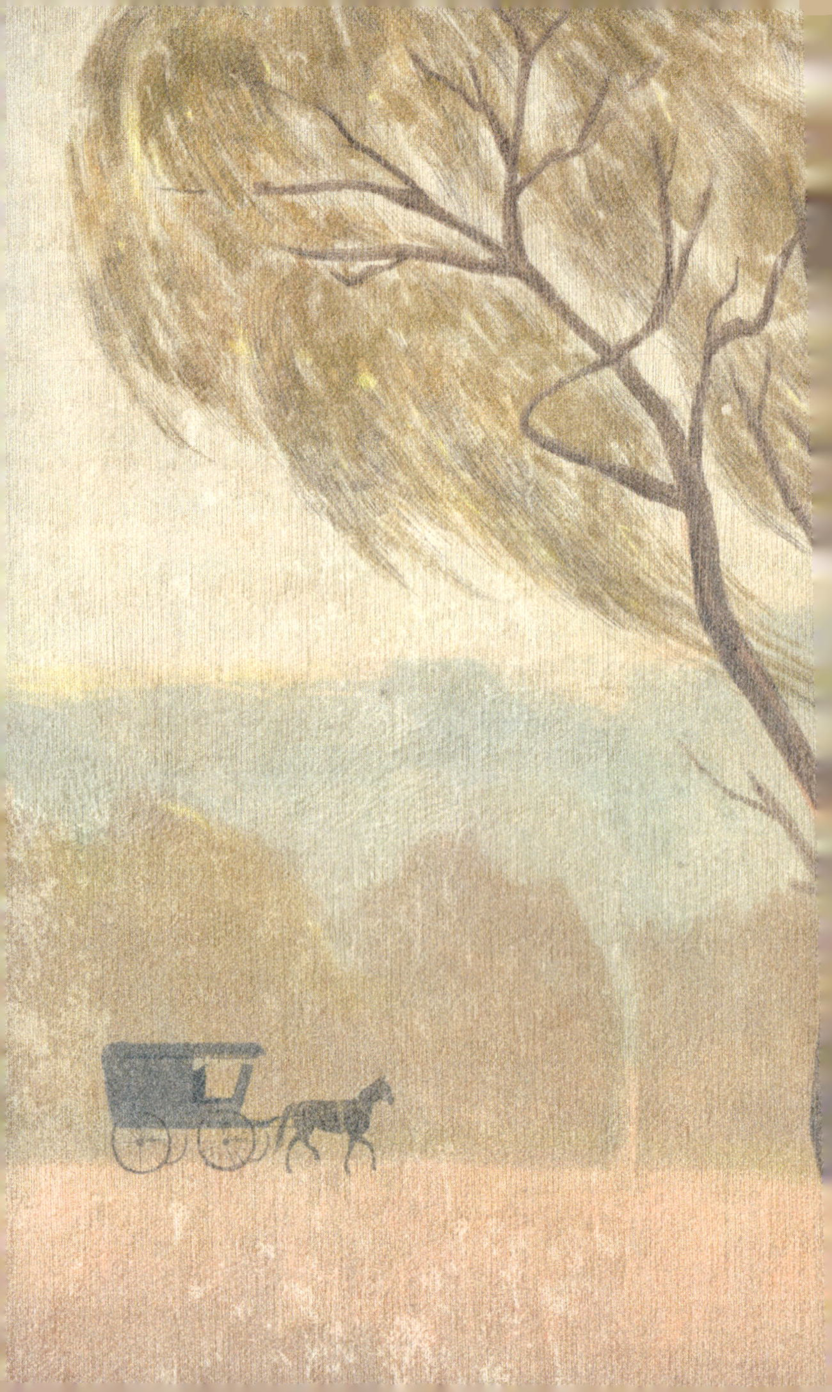

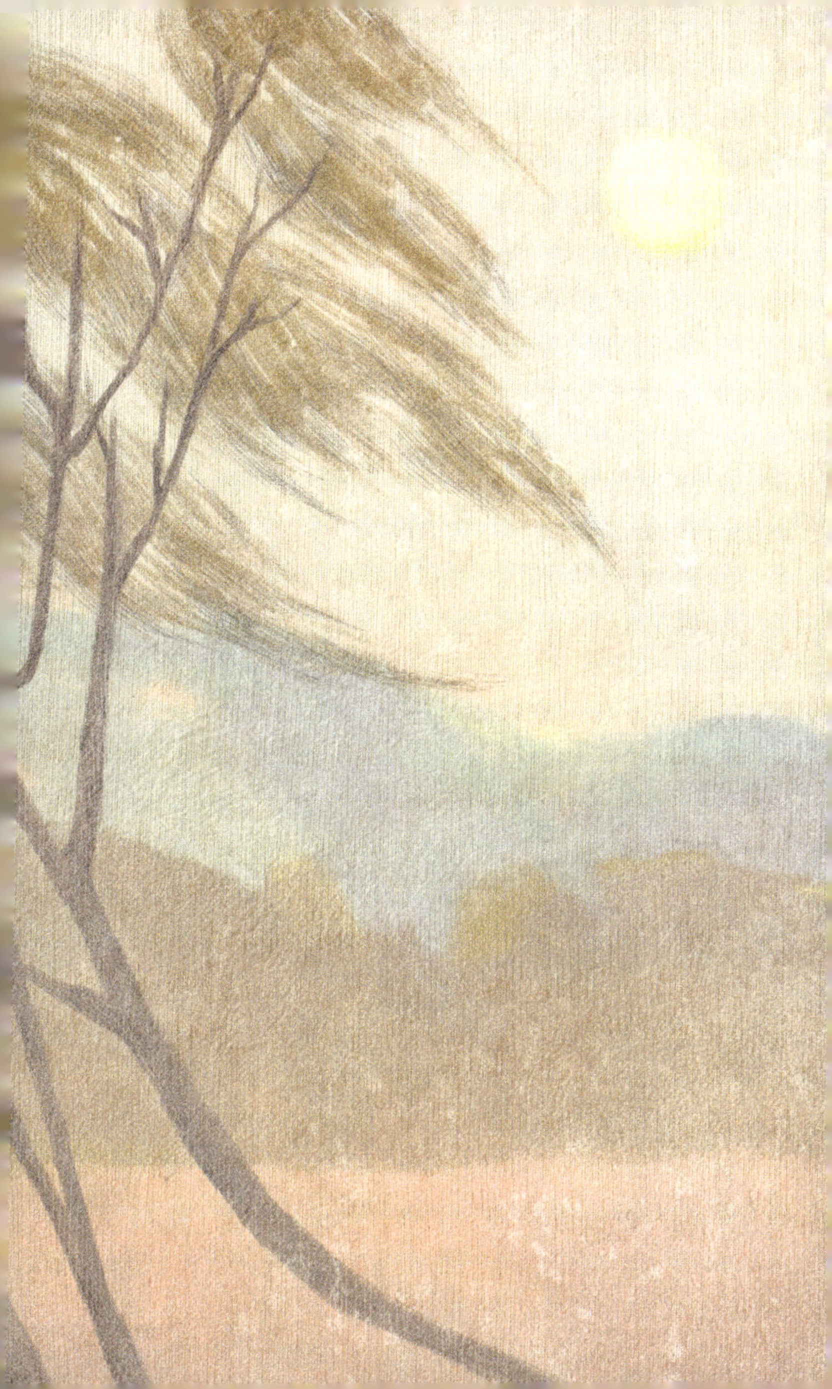

长生不老

放学后

回宿舍的少年

无可名状的乡愁

我爱的少女

迟来的

月经

告知琐事的

手表

关注着什么?

星星

有星星的时间

人有

人的日历

时间

把长生不老的

时光

日复一日地消磨

不知道永远

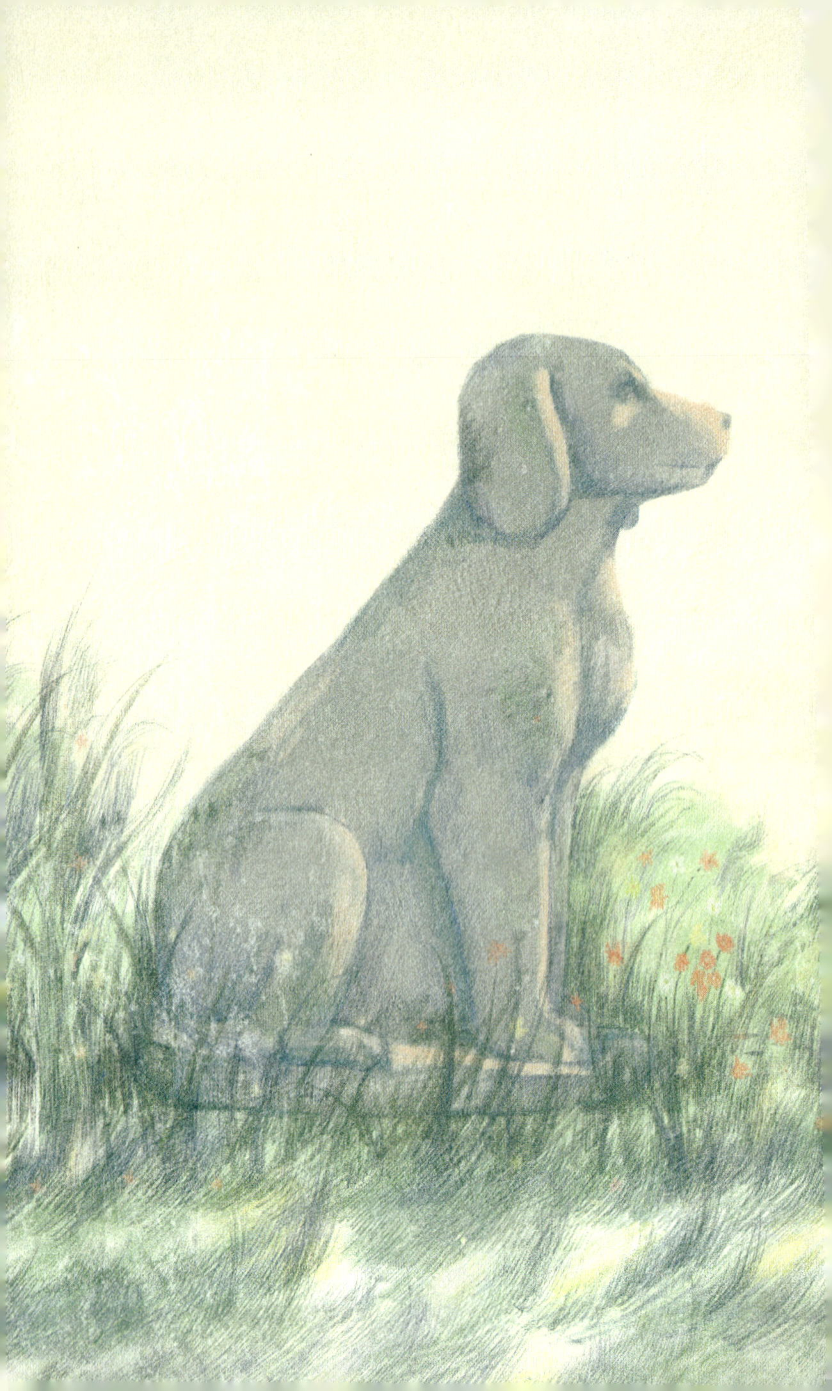

安静的狗

安静的狗

蹲在身旁

不是我的狗

恐怕也不是任何人的狗

安静的狗

质问似的抬头看着我

没有怨恨与放弃的眼

比我高级的灵魂

生命被自然的沉默拥抱

生存,毁灭

只有不幸拥有语言的人

才会这样违背自然

空气扭动身子

小川汇入大河

回忆中的花香

孩子的玩闹声、哭声

安静的狗

静静地等待着

下一个到来

没有任何期待和幻想

暮色

向着暮色

坐在椅子上

隔壁房间透出灯光

在那里的人

已经离开这个世界

我还不够痛苦

在我身体

最深的深渊

有人在练习大提琴

音乐之前的原始音调

触动我的心弦

我还不够痛苦

语言先行

心追随其后

身体不等我开口,就一直在那里

暮色渐浓

遥远天空残留着光

只是悲伤,我还不够痛苦

空

打开盖子

什么也没有

若是空的

放入什么都可以?

还是有什么看不见的东西

已经放进去了呢?

即使合上盖子

空也不会消失

什么都没有却又是空的

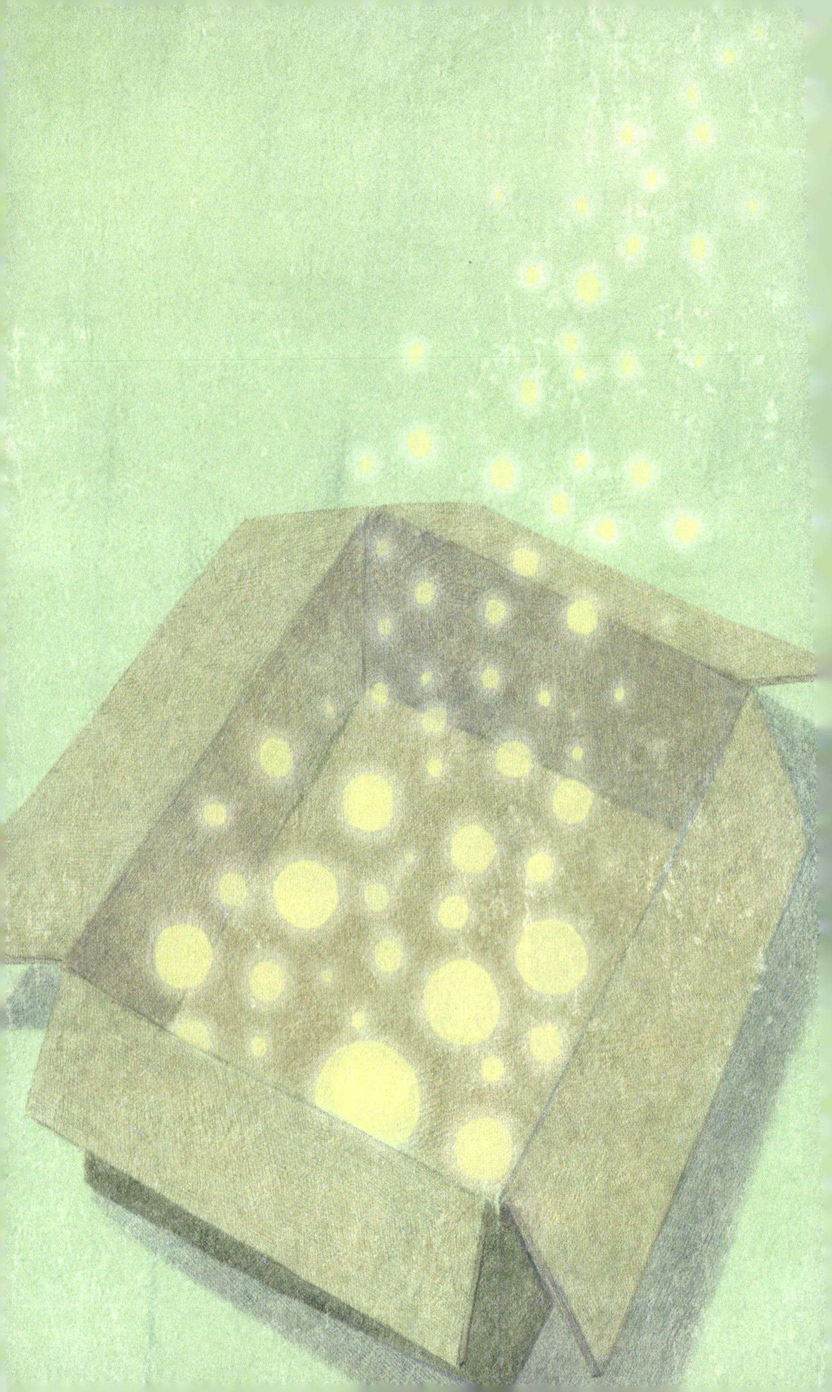

箱子里的空

与外面的空相连

空很可怕

空着

得往里面放点什么!

丢了的东西

想要却没有的东西

没见过的东西

哪里也没的东西

致过去

脱离晚霞的昨日

度过影像的世纪末

走进过去的洞穴

就是自己开始的日子

明明不记得了

身边褪色的光景

在那深深的幽暗之处

意义摇动着

身体的我不知何时

成为语言的我

眼睛想要看到无限

耳朵想要听到永恒

永恒的地点只有这里

永远的时间只有现在

梦幻活着的事实

初夏的今天的闪光

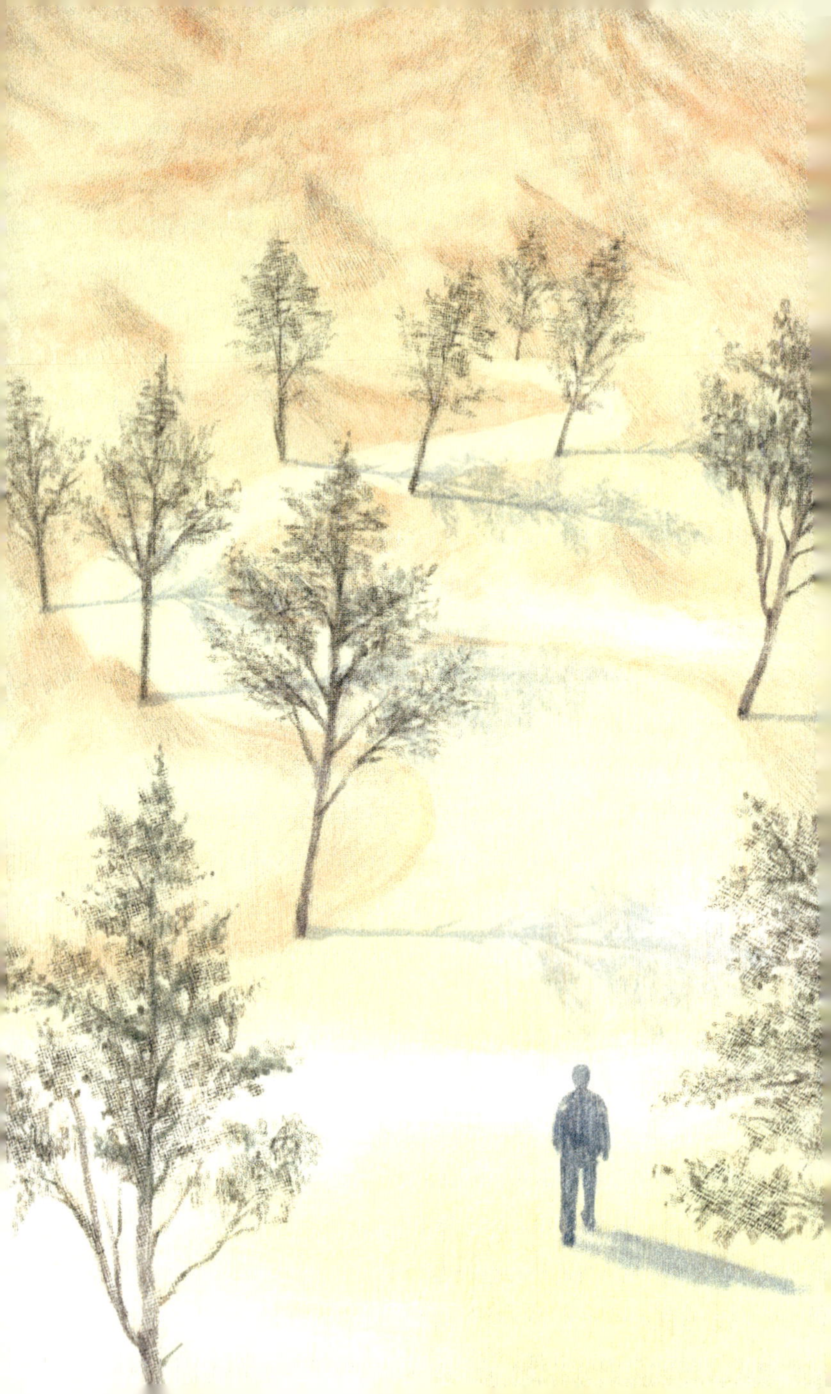

怀疑的人

怀疑的人

其实愿意相信

世上的一切

却总是怀疑

对着镜子看眼睛

眼中有恶意

怀疑这样的自己

再怀疑怀疑的自己

怀疑的人外出散步

坐在小公园的长椅上

发呆

自行车从眼前通过

我想

纹白蝴蝶飞过来就好了

可飞来的是直升飞机

怀疑的人不会气馁

愿意相信的自己不怀疑

怀疑的人回家去

拒绝的人

拒绝的人

拒绝了什么

虽然知道无法拒绝天空

也无法拒绝大海

拒绝的人会爽快地说 NO

鼻头挂着汗珠

表示拒绝后,有生气的老人

有优雅微笑的女人

要拒绝蚊子只能拍打

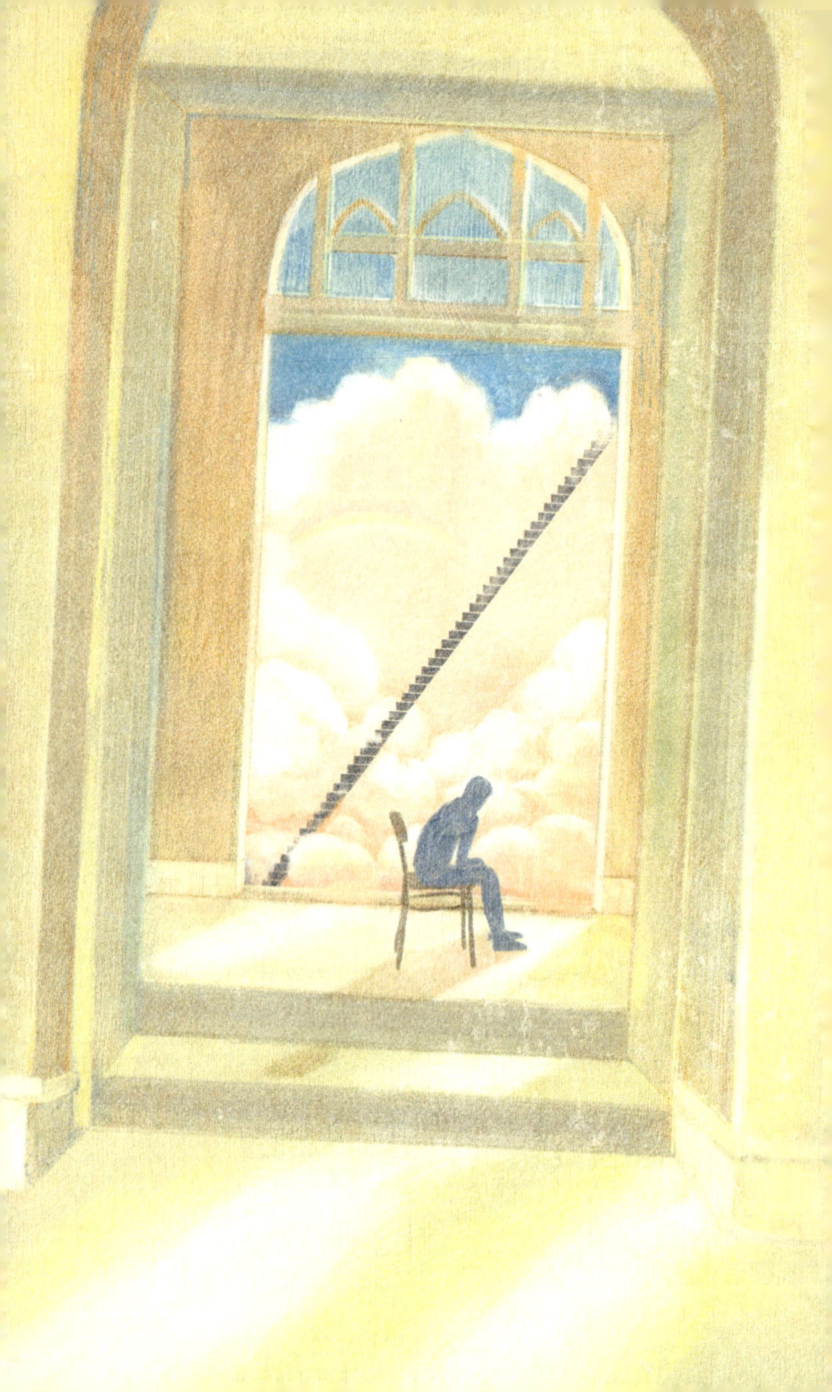

没有拒绝老虎的勇气

快没有拒绝的力气

拒绝的人梦见大写的 YES

虽然很像

但今天的风毕竟不是昨天的风

在地球的某个地方

人们醒来打哈欠

拒绝的心情

不知不觉煮成了一团鱼皮冻

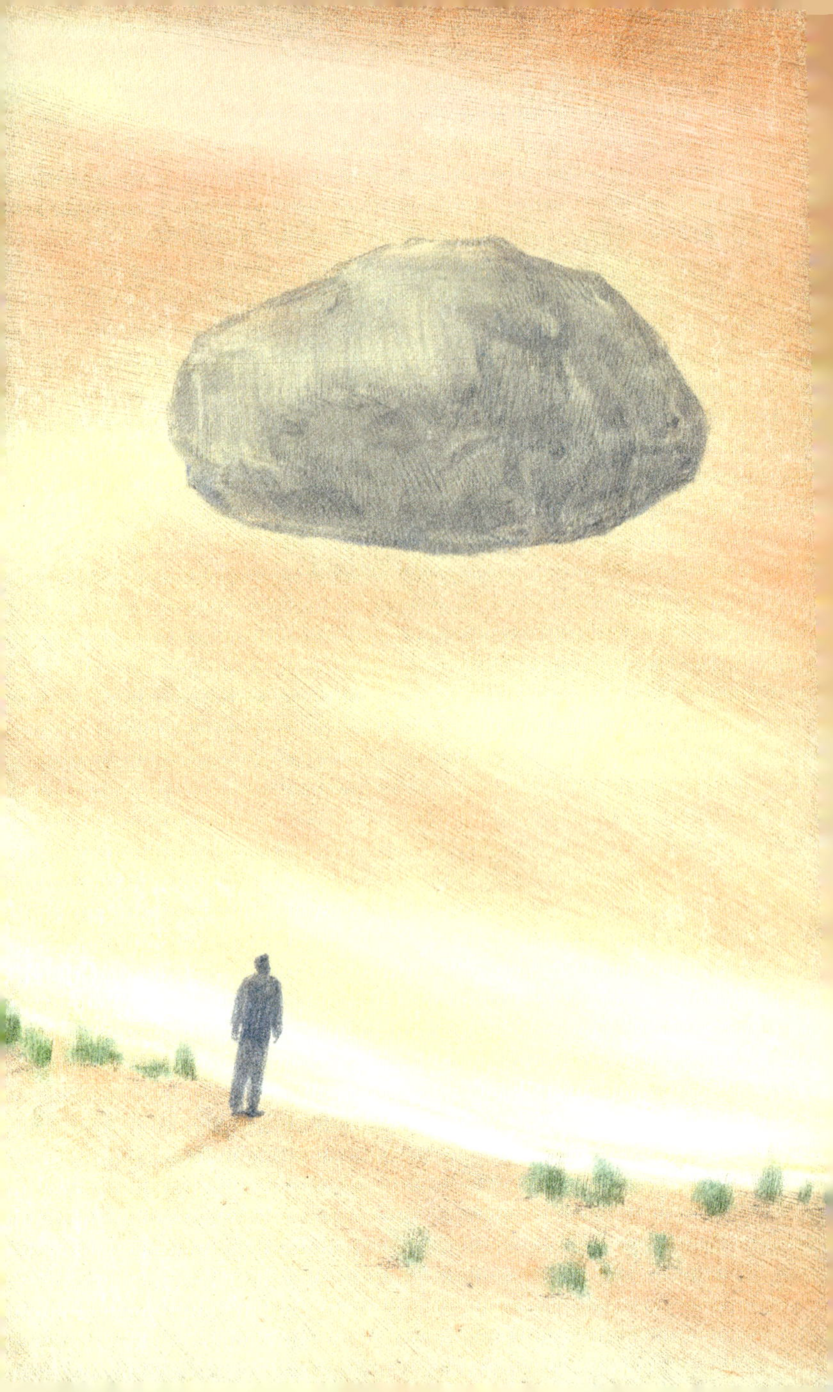

说话的人

说话的人会在意世界的散乱

他会按照合理顺序把事情重新排列

想在此找到可依靠的东西

说话的人并不善言辞

一个人的时候也不自言自语

不时摆弄口袋里的零钱

感觉自己很靠谱

不把父母的骨灰盒埋进坟墓

而是放在书架上菜谱的旁边

说话的人很精神
即使没人听也说个没完
掺杂着谎言也不介意

说话声比文字更真实
耳朵比眼睛更敏感
说话的人心里这么想

没完没了的人

没完没了的人
憎恨剧终标志
前面还有很长的路嘛!
他站起来开始喝啤酒

他不想做完任何事
他想,做完某件事
对谁来说都是不可能的
他把啤酒喝完

结束直接就是开始
他说这是时间的规律

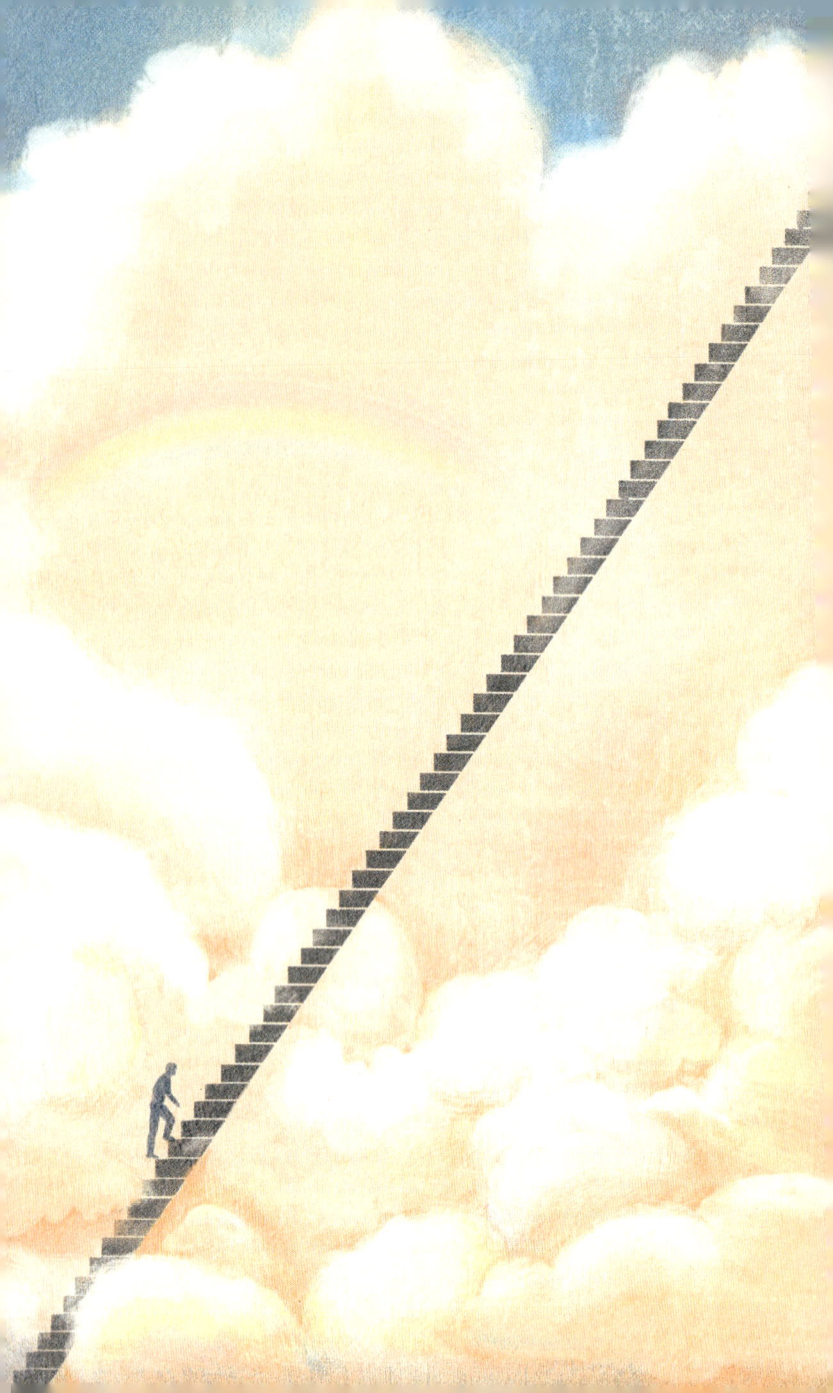

恋人听了，高兴地微笑

看来她似乎有永远的观念

莫非我不是没完没了

而是不懂如何结束？

他有时会心存这样的疑问

但总没有称心如意的答案

故乡有祖祖辈辈的豪华坟墓

这几年请了和尚

盂兰盆节线上祭祖

我还

双脚撑地

昂首把歌唱

一只青蛙

————宗鉴[1]

我还不是我

连生命都不算

在母亲的羊水中摇晃

一直在等待成为我的那个

到底是什么来着

---
[1] 宗鉴（生卒年不详），室町时代连歌师、俳人。近江国（今滋贺县）出身。著有《犬筑波集》等。

变不成虫、鱼、鸟

我这个人类形态的生物

刚出生的清澈灵魂

终于,被称为心灵,被称为精神

加深镜头模糊的程度

可是,就像从云缝

照射进来的意想不到的光

我学会了无声地歌唱

活在当下的语言

掠过我,消失在远方的声音

我的话因意义的深奥而失去意义

在鸟兽戏画的世界回响的和声

我梦想着能作为人加入

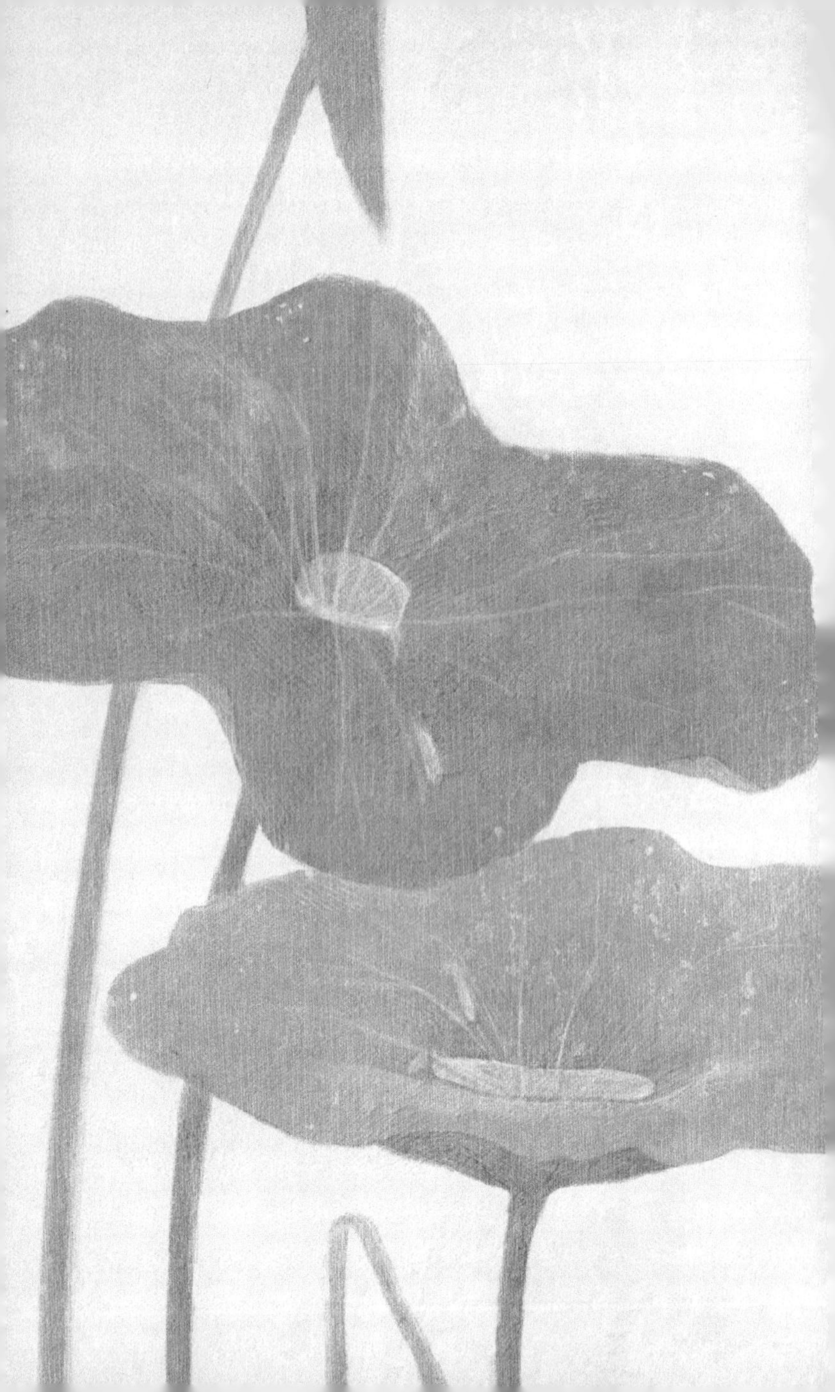

有生命的银

换乘另一只船

灵魂

仿佛莲叶上的露珠

　　——望一[1]

当幼小的我恢复正常体温，感到无聊时

不小心把体温计当火钳

戳过火盆里的炭

体温计断了，水银洒在桌上

我第一次看到银珠滚落

1　望一（1586—1643），江户初期俳人。伊势国（今三重县）出身。著有《望一千句》等。

捏不住也抓不着

与其他金属不同，像是有生命似的

不可思议的物质感留在了记忆里

被有机水银侵蚀的女儿和母亲

不是人心，不是语言

而是用露水般的灵魂联结在一起

莲叶上的朝露

决不会与"有生命的银"珠

溶解到一起

注视着那个样子的眼睛在哪里

这样的梦会被允许吧

归根结底是

实物的我是一个普通老人
但被冠以诗人的头衔时
看起来像个不同寻常的老人
有点高兴,但也颇麻烦

《万叶集》的作者不详
《鹅妈妈》的作者不详
我一向从作者不详的书中
感受到谜一般的魅力

他们在有名字的父母间诞生
我也有自己的名字

但当我还在娘胎里的时候

只有生命这个名字

归根结底,原始的生物

作为人生下来,度过襁褓期之后

渐渐把语言越穿越臃肿

虽然也因此过着普通人的生活至今

上了年纪穿厚衣服就太沉了

我想脱掉语言,赤身裸体

吹吹宇宙的风

图书在版编目（CIP）数据

今日有点沉思 /（日）谷川俊太郎著；田原译 . -- 北京：北京联合出版公司，2024.4
ISBN 978-7-5596-7378-7

Ⅰ . ①今… Ⅱ . ①谷… ②田… Ⅲ . ①诗集 - 日本 - 现代 Ⅳ . ① I313.25

中国国家版本馆 CIP 数据核字 (2024) 第 036670 号

北京市版权局著作权合同登记 图字：01-2024-0747

DOKO KARA KA KOTOBA GA
Copyright © 2021 Shuntaro Tanikawa
All rights reserved.
Original Japanese edition Published by Asahi Shimbun Publications Inc., Tokyo.
Chinese translation rights in simplified characters arranged with
Asahi Shimbun Publications Inc., Tokyo.,
through Japan UNI Agency, Inc., Tokyo and Rightol Media Limited

今日有点沉思

作　　者：[日] 谷川俊太郎			
译　　者：田　原			
出 品 人：赵红仕			
项目监制：王　鑫		策划编辑：王利飒　大　风	
责任编辑：龚　蒋		封面设计：朱镜霖	
内文插画：徐颖娴		出版统筹：慕云五　马海宽	

北京联合出版公司出版
(北京市西城区德外大街 83 号楼 9 层　100088)
北京联合天畅文化传播公司发行
北京中科印刷有限公司印刷　新华书店经销
字数 103 千字　880 毫米 ×1230 毫米　1/32　5 印张
2024 年 4 月第 1 版　2024 年 4 月第 1 次印刷
ISBN 978-7-5596-7378-7
定价：69.00 元

版权所有，侵权必究
未经书面许可，不得以任何方式转载、复制、翻印本书部分或全部内容。
本书若有质量问题，请与本公司图书销售中心联系调换。电话：010-64258472-800